WARTEN AUF LIEBE

Windswept Bay Buch 4

DEBRA CLOPTON

Warten Auf Liebe

Jillian Sinclair braucht einen Mann und sie braucht ihn jetzt. Sie träumt davon, Mutter zu sein, doch der Arzt hat ihr gerade erst verkündet, dass ihre Zeit abläuft, wenn sie vorhat, selbst ein Kind zu bekommen. Sie sehnt sich auch nach wahrer Liebe, wie ihre Schwestern sie haben, aber wird sie sich auf weniger als das einlassen müssen, um ihr Baby zu bekommen? Das Letzte, was sie braucht, ist, dass der einzige Mann, den sie je geliebt und dann verloren hat, zurück in die Stadt kommt.

Undercover-Cop Ryan Locke ist zurück auf Windswept Bay, aber für wie lange? Er hat einst ihr Herz gebrochen und sich zugunsten seiner Karriere gegen sie entschieden. Kann er die Antwort auf ihre Gebete sein oder wird sein Einsatz für Gerechtigkeit ihn erneut von ihr wegbringen?

KAPITEL EINS

Was soll ich tun?

Jillian Sinclair blinzelte die Tränen, die ihre Sicht trübten, weg, während sie, eine Stunde nachdem sie das Untersuchungszimmer des Arztes verlassen hatte, fassungslos und ungläubig im Blumenbeet des Windswept Bay Resorts kniete. Panik krallte sich an ihrer Kehle fest, als sie eine Handschaufel in den Dreck rammte, um ihn genug aufzulockern, damit sie ihre in Handschuhen steckenden Hände in die weiche Erde tauchen konnte. Sie entfernte genug Erde, um Platz für einen von vielen Farnen zu schaffen, die sie und ihr Team in Vorbereitung auf die Thanksgiving-Feier, die ihre Familie immer für die Gäste des Resorts und die Leute der Umgebung veranstaltete, pflanzten.

Thanksgiving…

Jillian zog ihre Augen zusammen, unterbrach ihre Bewegung und bemühte sich um Dankbarkeit, nachdem sie erfahren hatte, dass ihre Hoffnungen und Träume für die Zukunft momentan verstrichen und sehr wahrscheinlich außerhalb ihrer Reichweite lagen.

Sie hatte Schwierigkeiten, die Tränen wegzublinzeln, die drohten, ihren Schmerz anderen, die womöglich vorbeiliefen oder ihr eine Frage stellten, bevor sie sich zusammenreißen konnte, zu offenbaren.

Ich werde nicht weinen. Ich werde mich nicht darauf konzentrieren, dass das Glas halb leer ist…

In ihrem Leben gab es so viel, für das sie dankbar sein konnte… sie würde sich darauf konzentrieren.

Doch die Worte des Arztes hämmerten unnachgiebig, wie eine Migräne im vorderen Teil ihres Geistes… *„Ihre Chancen, schwanger zu werden, werden in den nächsten paar Jahren deutlich* *abnehmen. Die Endometriose breitet sich zu sehr aus. Eine komplette operative Entfernung der Gebärmutter lässt sich nicht vermeiden... früher oder später... es tut mir so leid, Jillian. "*

Nicht mehr als es Jillian leid tat. Sie wollte Kinder. Wollte mit ihnen schwanger sein, sie im Inneren ihres Bauches treten spüren, die Freude empfinden, dass das Wunder ihres Lebens in ihr wuchs... wollte die Liebe ihres Kindsvaters erleben, sich mit der Liebe ihres Lebens auf diese gesegnete Reise begeben.

Doch an ihrem Horizont gab es keine Liebe des Lebens.

Die einzige Sache an ihrem Horizont war aktuell die Bombe, die heute Morgen auf sie geworfen worden war.

Wie konnten kürzlich auftretende, schmerzhafte Frauenprobleme so schnell so verheerend sein... so unerwartet? Sich bewusst zu werden, dass es für sie womöglich keine Option sein würde, schwanger zu werden, wenn sie nicht bald handelte... Ihr Herz zog sich zusammen und ihr war schwindelig, sie war außer

Atem. *Sie brauchte einen Ehemann.*

Sie brauchte ihn jetzt, falls ihr Traum von einer eigenen Schwangerschaft in Erfüllung gehen sollte.

Aber es gab andere Optionen.

Der Gedanke stimmte. Nicht ihre erste Wahl. Ihr Traum war die traditionelle auf-immer-und-ewig-Variante, die ihre drei Schwestern lebten und gerade sehr genossen… sie wollte das auch.

Sie setzte sich auf ihre Fersen zurück, schob sich dich Haare mit der Rückseite ihres Gartenhandschuhs aus dem Gesicht und ließ ihren Blick den Weg entlangwandern, wo ihr Team die Erde in dem riesigen Pflanzbereich vorbereitete. Das war nicht nur für Thanksgiving, sondern Teil der Renovierungsarbeiten in den Zimmern in diesem hinteren Flügel des Resorts, von wo aus man die wunderschöne Bucht überblickte. Da sie die Landschaftsgestaltungsprojekte managte hatte sie zurzeit viel zu tun und sie liebte jeden Aspekt dabei, das Familienresort für die Gäste, die zur Entspannung, Verjüngung und für Feierlichkeiten hierherkamen, schön zu halten. Für sie war es eine Freude, die Bodenflächen einladend und entzückend zu gestalten.

Doch im Moment empfand sie keine Freude.

Für Jillian war es erfüllend, Setzlinge zu pflanzen und ihnen beim Wachsen und Aufblühen zu ihrem vollen Potential zuzusehen. Ihren Kindern beim Wachsen zu ihrem vollen Potential zuzusehen und zu helfen… war ihr Traum gewesen. Mutter zu sein, war ihr Traum gewesen. Ein Geräusch im zweiten Stockwerk zog ihre Aufmerksamkeit auf sich und sie sah Abe, ihren Bauleiter, wie er dabei half, eine Furnierplatte in eines der Zimmer, das renoviert wurde, zu schaffen.

Was ist mit Abe?

Sie und Abe waren ein paar Mal ausgegangen – zweimal, um genau zu sein. Er war eine tolle Person. *Könnte er ihre Hoffnung sein?*

Sie zog ihre Handschuhe aus und rieb sich ihre Schläfen. Er war auf eine raue, starke Art und Weise attraktiv und ein netter Kerl, aber sie spürte keine Funken, keine Schmetterlinge, wenn sie mit ihm zusammen war. Jillian *wollte* Schmetterlinge.

Ihre Schwestern hatten Schmetterlinge als

Reaktion auf die Liebe ihres Lebens. Jede von ihnen hatte sich innerhalb kurzer Zeit aus tiefstem Herzen und hoffnungslos verliebt. Und sie war sich ziemlich sicher, dass Schmetterlinge einfach dazugehörten. Wenn man bedachte, dass es Jillian war, die hunderte von Schmetterlingssträuchern in der Landschaft, die sie liebte, gepflanzt hatte, gab es keine Chance auf Erden, dass sie sich für irgendetwas Geringeres als Schmetterlinge festlegte, wenn es darum ging, sich zu verlieben.

Könnte sie sich für weniger als das festlegen, um ein Kind zu haben?

Könnte sie in Anbetracht der Neuigkeiten von heute auf Liebe warten?

Sie freute sich für ihre Schwestern – wirklich, wirklich sehr – aber ihre biologische Uhr tickte genauso schnell wie die von Shar, Olivia und Cali. *Ha!* Ihre tickte offensichtlich wie eine Zeitbombe.

„Hey Schwesterchen, wie läuft's?", rief Shar und schreckte Jillian auf, als sie den Weg entlang eilte. Ihre dunklen Haare und funkelnden grünen Augen waren so anders als Jillians und Olivias, dass es schwer zu glauben war, dass sie Drillinge waren. Aber das waren sie und es schien in jedem Aspekt so, außer den Fortpflanzungsmöglichkeiten.

„Großartig", log Jillian, legte ein Lächeln auf ihr Gesicht und war erleichtert, dass sie es geschafft hatte, ihre Tränen unter Kontrolle zu kriegen. „Was hast du heute vor?"

Shar strahlte. „Ich bin kurz auf Mission, Abe zu sehen. Gage und ich haben an den Plänen zur Vergrößerung des Krankenhauses für Meeresschildkröten mit Geldern, die wir im Namen seines Vaters spenden, gearbeitet. Ich bin hier, um zu klären, wann Abe vorbeikommen und uns ein Angebot machen kann. Ich würde gern damit loslegen, bevor er das Resort fertig hat – falls er Zeit hat, sich gleichzeitig um beides zu kümmern."

„Oh, das wäre gut", sagte Jillian. Shar liebte es, Meeresschildkröten zu retten und sie hat einen Seelenverwandten gefunden, der ihre Leidenschaft teilt. Sie und Gage waren perfekt zusammen. Erstaunlich gut füreinander geschaffen. Jillian hat Shar wegen ihrer Hingabe und Leidenschaft beim Schutz und der Rettung von Meeresschildkröten und ihr Hilfe im Windswept Bay Krankenhaus für Meeresschildkröten immer Superwoman genannt. Gott hat einen herausragenden Job gemacht, als er Gage als perfekten Partner für sie erschuf.

Hat Gott jemanden für mich erschaffen?

Falls ja, wann würde er auftauchen? Oder würde sie die Schmetterlinge vergessen und stattdessen einen guten Mann als Vater für ihr Kind finden müssen? Abe war ein guter Mann.

Shar musterte sie. „Kommst du zu Calis Einweihungsparty?"

Calis. „Oh", keuchte Jillian und sprang von ihrer knienden Position auf. „Ich habe die Zeit vergessen. Ich muss nach Hause, duschen und die Nachspeisen holen, die ich gemacht habe." Sie klopfte sich die Knie ab und war so froh, dass sie das Essen vorbereitet hatte, bevor sie heute Morgen im Untersuchungszimmer des Arztes ihren Verstand verloren hatte.

Shar lachte. „Hey Mädchen, entspann dich. Ich lass sie wissen, dass du kommst. Ich werde nur ganz kurz hier sein und dann rübergehen. Alles gut."

Jillian teilte Shars Stimmung nicht. Im Moment war nicht alles gut, aber sie würde niemanden wissen lassen, dass sie mit schlechten Neuigkeiten zu kämpfen hatte. Jetzt war nicht die Zeit dafür. „Ich beeile mich und wir sehen uns dann dort."

Es war eine zügige Fahrt den Strand entlang zu ihrem kleinen, am Hang gelegenen Bungalow auf der anderen Straßenseite des Strandes, von dessen Garten aus sie Blick auf das Meer hatte. Jillian liebte den Strand, doch als sie nach einem Haus gesucht hatte, hatte sie sich für eines mit Platz für ihre Pflanzen und für den Blick anstelle eines direkten Zugangs zum Strand entschieden. Sie warf ihre staubigen Klamotten ab, wickelte ihre dicken Haare in einen Dutt und klemmte sie fest, bevor sie unter eine lauwarme Dusche sprang.

Noch immer außer Atem parkte Jillian ihr Auto eine Stunde später hinter einem schwarzen Dodge in Calis und Grants Auffahrt und stieß einen Seufzer der Erleichterung aus, dass sie nicht zu spät war. *Wie konnte sie vergessen, dass ihre Schwester heute Abend eine besondere Feier mit ihrer Familie veranstaltete?* Das war eine besondere Zeit für Cali und Grant, ihrem herausragenden Künstlerehemann. Sie waren so unfassbar glücklich und Jillian freute sich für sie und ihre anderen Schwestern, Shar und Olivia.

Hastig stieg sie aus dem Auto und fühlte sich innerlich zerrissen. Sie schlug die Tür zu und öffnete die Kofferraumklappe ihres kleinen SUV. Sie zog die große, flache Box mit den Keksen, Kuchen und der Nachspeise, die sie mitbrachte, heraus. Ihre vier Brüder, die hier waren, konnten genug Essen verdrücken, um eine Armee zu ernähren, daher brauchte es viel Essen – und sie mochte es, zu backen und zu kochen, daher war es nicht übertrieben. Aber es kamen auch einige Freunde zu der Einweihungsparty, weswegen es eine gute Sache war, etwas mehr vorzubereiten.

Ihre Hände waren voll und sie musste die Box zu ihrer Hüfte bewegen und sie unsicher halten. Den Atem anhaltend und in der Hoffnung, die Box würde sich stabil halten, griff sie nach oben, nahm die Kofferraumklappe und zog sie nach unten. Die Box an ihrer Hüft rutschte.

Sie keuchte und blickte auf den Limettenkuchen und die dreistufige, italienische Sahnetorte, während sie zu einer Seite der flachen Kiste rutschten, wodurch sich das Gewicht verlagerte. Sie wusste sofort, dass alles auf dem Gehweg enden würde. Sie griff danach, doch wusste, dass es zu spät war.

„Oops, ich hab sie", sagte ein Mann, der aus dem Nichts mit seinem dunklen Schopf nach unten tauchte und mit seinen beiden Händen die Box an ihrer Hüfte stabilisierte.

Jillian erstarrte, als Ryan Locke seinen Blick hob, um ihren erschrockenen... und entsetzten... Blick zu treffen.

Sanft, maskulin und der einzige Mann, der in ihrem Herzen jemals den Schmerz junger, törichter Liebe verursacht hatte. Und er war zurück in der Stadt.

Der einzige Mann, der ihr Herz jemals in Fetzen gerissen hatte und schlimmer noch, er hatte nicht einmal gewusst, dass er das getan hatte.

Jillian war wie erstarrt, während sie den Mann anstarrte, den sie niemals vergessen hatte. Sie konnte nicht atmen; sie konnte nicht denken, als sich all ihre Worte verflüchtigten. Sie brachte seinen Namen heraus. „Ryan."

Es brauchte alles, was sie hatte, um seinen Namen durch erstarrte Lippen zu zwängen, während Erinnerungen an das letzte Mal, als sie ihn gesehen hatte, in lebhaften, kränkenden Bildern in ihrem Gedächtnis auftauchten.

„Es ist schön, dich zu sehen, Jillian. Es ist lange her."

Nicht *ansatzweise* lang genug. Sie wünschte sich, dass sich der Boden auftat und sie verschluckte. Sie konnte nichts sagen.

Als würde er nicht bemerken, dass sie nichts gesagt hatte, fuhr er fort: „Ich hoffe, dir macht es nichts aus, dass ich bei der Party vorbeischaue? Jax hat mich eingeladen und ich habe angehalten, um bei Levi im Polizeirevier reinzuschauen und er hat mich auch eingeladen, daher dachte ich, ich komme vorbei, um deiner Familie Hallo zu sagen."

Sie räusperte sich, um den zwei Tonnen schweren Klumpen aus ihrem Hals zu kriegen. „Oh", krächzte sie. „Natürlich macht es mir nichts aus. Warum sollte es?" Sobald die Frage draußen war, zuckte sie zusammen. Sie wusste ganz genau, warum er so eine Frage stellte, denn das letzte Mal, dass sie mit ihm im selben Raum war, war sie achtzehn gewesen und hatte sich ihm auf die demütigendste Art und Weise an den Hals geworfen. Sie spürte ihre Wangen glühen und wusste, dass sie wahrscheinlich die genau gleiche Farbe wie ihr fuchsienfarbiges Kleid hatte.

„Oh, das ist toll, dass du und Ryan euch kennt."

Jillian wandte ihren Blick von Ryan ab und spürte den Anflug von Schmetterlingen, während sie erschrocken zu ihrer Freundin Blair Baines blickte. Blair warf ihr ein breites Grinsen zu. Sie arbeitete für Jillian in der Landschaftspflege im Resort. Außerdem war sie mit Ryans Cousin Jax zusammen, der neben ihr stand.

Seit den letzten paar Monaten hatte Jax begonnen mit Grant zu arbeiten und mit ihm ein paar Mal zu verreisen, um Grant beim Malen seiner weltberühmten Meereswandbilder zu assistieren. Jax gehörte auch das Lagoon Adventures in der Stadt, ein

Freizeitunternehmen, das in Windswept Bay ein gutes Geschäft machte. Sie waren zwei von den Freunden, die sie bei dieser Feier erwartet hatte.

Ryan – in einer Million Jahre hätte sie nicht erwartet, dass er hier sein würde.

Sie hielt viel von dem jungen Paar und konzentrierte sich auf sie, während sie versuchte, den Schock, Ryan seit Jahren zum ersten Mal wiederzusehen, in den Griff zu bekommen. „Ja, wir… kennen uns seit Langem. Ryan ist der beste Freund meines Bruders Levi." Sie wagte einen flüchtigen Blick zurück zu ihm. Er war noch immer so attraktiv wie damals. Seine dunklen, schokoladigen Augen betrachteten sie und lösten in ihr Schmetterlinge aus. Das waren nicht die Schmetterlinge, die sie sich vorhin gewünscht hatte. *Nein, wenn es um ihn ging, niemals wieder.* Sie löste ihren Blick von ihm und war beunruhigt, dass ihr Herz unnachgiebig raste, und die ungewollten Schmetterlinge brachten aufwühlende Gefühle mit demselben Nervenkitzel der Anziehung hervor, den sie als Achtzehnjährige empfunden hatte, wenn sie den Mann ansah, den sie seit ihrer Kindheit angehimmelt hatte.

„Oh, das hätte mir klar sein sollen." Blair legte ihre Hände um Jax Arm und strahlte zu ihm hinauf. „Jax hat mir das erzählt, ich Dummkopf." Sie lachte.

Jax grinste. „Er wird sich um mein Geschäft kümmern, während ich in Australien bin, um Grant mit seiner neuen Wandmalerei zu helfen."

Blair schaute traurig. „Ich werde dich in den zwei Wochen, die du weg bist, vermissen. Aber ich bin so froh, dass Ryan kommen konnte, um auszuhelfen." Sie schaute zurück zu Jillian. „Jax war in letzter Zeit etwas gestresst."

„Hey, mir geht's gut, Blair." Jax küsste ihre Wange. „Du bist diejenige, die sich Sorgen macht. Das ist eine tolle Sache für unsere Zukunft."

Jillian spürte die Liebe, als Jax in Blairs Augen blickte. Das Verlangen nach so einer Art Liebe brach über sie herein und sie wandte ihren Blick ab und traf Ryans.

Erinnerungen trafen sie wie Eiswasser. *Oh und wie!* Sie zog die Kiste mit den Süßspeisen näher zu sich – und befand dann, dass sie sich womöglich hinter dem Haus verstecken und jeden einzelnen Krümel selbst essen sollte in der Hoffnung, damit ihre Anspannung zu lindern.

Blair seufzte. „Ich weiß, tut mir leid."

Der Klang von Sorge in Blairs Stimme ergriff Jillians Aufmerksamkeit. Sie war einer von Jillians Lieblingsmenschen und hinreißend und gänzlich in Jax verliebt, was war also los?

„Du siehst toll aus", sagte Ryan und lenkte ihre Aufmerksamkeit zu ihm zurück.

Sie hatte sich entschieden, ein Sommerkleid in Fuchsienfarbe mit silbernen Sandalen statt ihrer Jeans und Stiefel zu tragen, und hoffte, ihre Outfit würde ihre Familie davon ablenken, dass sie sich nicht auf der Höhe fühlte. „Danke", murmelte sie. „Normalerweise habe ich Dreck an meinen Knien und Schmutz auf meinen Wangen."

Er lächelte, obwohl sie nicht hatte lustig sein wollen.

„Du siehst fantastisch aus, Jillian", sagte Blair. „Dieses Kleid sieht hinreißend an dir aus."

Jetzt begann es merkwürdig zu werden.

„Du siehst sehr schön aus und hast dich gut sauber gemacht", sagte Ryan mit einem neckenden Funkeln in seinen Augen. Ihm hatte es immer gefallen, sie zu necken, und sie hatte jede reizvolle Zeit, in der er diese Sticheleien auf sie und nicht ihre Schwestern gerichtet hatte, begierig aufgesogen.

„Was soll ich sagen? Ich liebe Dreck." Die Aussage kam nicht so keck heraus, wie sie gehofft hatte, sondern klang nervös – war Dreck alles, worüber sie reden konnte? Wie hatte sich ihr Tag so schnell von schrecklich zu noch schlimmer verwandeln können?

Sie hatte gehofft, dass es eine willkommene Ablenkung von ihren Problemen sein würde, Zeit mit ihrer Familie zu verbringen. Und jetzt… wollte sie die Süßspeisen ins Auto werfen und wegrennen. Es war so spätpubertär, dass es peinlich war, doch selbst das konnte nicht ändern, wie sie sich fühlte.

„Du hast es immer gemocht, im Dreck zu spielen", machte Ryan mit dem Thema weiter.

Er musterte sie und lächelte… sah so gut aus wie

schon immer und hielt ihre Geheimnisse hinter diesen fast dunkelgrauen Augen verborgen.

Ihr Inneres bebte. Er war Zeuge des erniedrigendsten Tages ihres Lebens gewesen und dann gegangen. Hatte sich nicht einmal verabschiedet.

Jillian hielt seinem Blick stand und spürte, wie sich ihre Miene verhärtete, obwohl sie verzweifelt darum bemüht war, unbeeindruckt zu wirken. Sie war dabei, die Fassung zu verlieren, und das wusste sie. „Ich, ich muss das hier reinbringen. Ciao." Sie schaute niemanden an und wartete nicht darauf, dass irgendjemand noch etwas sagte; nein, sie ging einfach schnurstracks zum Seiteneingang von Calis Haus.

Irgendwo hinter sich hörte sie ihren Bruder Jake Ryans Namen rufen und sie wusste, dass sie ein wenig Zeit hatte, sich wieder zu fangen, während ihre Brüder ihn in Beschlag nahmen.

Im Endeffekt war er ein Freund all ihrer Brüder gewesen. Er war wie ein sechster Sohn für ihre Eltern gewesen. Und der beste Freund von Levi. Und Ziel all ihrer jugendlichen Bewunderung.

Er war fast sieben Jahre älter als sie. So lange Zeit ihres Lebens war sie eine der kleinen Schwestern gewesen. Ein Mitläufer. Als er in der Oberstufe war, war sie kaum in der sechsten Klasse. Doch begann gerade erst, sich für Jungs zu interessieren, und Ryan wurde von ihrem Helden zu ihrem ersten Schwarm. Das Problem war, dass die Schwärmerei nie vorübergegangen war und während der Mittel- und Oberstufe nur stärker geworden war.

Obendrein hatte Ryan fast angefangen, sie zu ignorieren, bis kurz bevor sie in die Oberstufe kam. Und dann war er ans College gegangen und sie hatte schweigend gelitten und ihn von ganzem Herzen vermisst. Sie hatte nicht verstanden, warum er aufgehört hatte, sie zu necken. Sie hatte sich gesagt, dass das nur war, weil er älter war und sich auf sein Collegeleben freute. Aber als er nach Hause kam und sie sich über den Weg liefen, war er höflich und schien immer bereit, so schnell wie möglich von ihr wegzukommen...

Bis zu der Nacht, in der ihr Date für den

Abschlussball zu viel getrunken und Ryan sie gefunden hatte. Er hatte ihr Date von ihr heruntergezogen und sie nach Hause gebracht. Sie war durcheinander gewesen, angetrunken und hatte den schrecklichen Fehler begangen, sich an ihn ranzumachen. Dieser Moment war das eine Mal in ihrem Leben gewesen, das sie bis heute bereute.

KAPITEL ZWEI

Ryans Herz raste, während er Jillian nachsah, als sie im Haus verschwand. Sie hatte nicht damit gerechnet, ihn zu sehen. Levi hatte ihr nicht erzählt, dass er in der Stadt war, und es war leicht zu erkennen, dass sie über seine Anwesenheit hier nicht glücklich war.

Jetzt war nicht die Zeit, um über die Gründe nachzudenken, warum es ihre Wangen fast lila gefärbt hatte, weil er zurück in der Stadt war. Stattdessen drehte er sich um, begrüßte ihren Bruder Jake und versuchte, nicht daran zu denken, wie hübsch sie war.

Doch ihre funkelnden Augen waren in seinem Gedächtnis verwahrt und waren dort seit dieser Nacht, in der sie ihn zu Tode erschreckt hatte, als sie ihm ihre Arme um den Hals geworfen und ihn geküsst hatte, als wäre er ihr langverschollener Liebhaber gewesen.

Er war der beste Freund ihres älteren Bruders und sie immer eine seiner kindlichen Schwestern gewesen… diejenige, die immer um Ecken gespäht und ihn beobachtet hatte, als sie eine schüchterne Fünft- und Sechsklässlerin und er ein Mittelstufen- und dann Oberstufenschüler gewesen war.

Sie war süß und so schüchtern gewesen, während ihre Schwestern extrovertiert gewesen waren. Er hatte immer eine Schwäche für sie gehabt und wollte nach ihr sehen. Vor allem, wenn man bedachte, dass er seine kleine Halbschwester, die mit seiner Mutter und ihrem Ehemann am anderen Ende des Landes lebte, nicht gesehen hatte. Als er in der Woche, in der Jillian ihren Abschluss bekommen hatte, von der Polizeischule nach Hause gekommen war, hatte sich sein ganzes Leben verändert. Seine Schwester war tot und Jillian erwachsen. Und diese Mischung von Emotionen, die durch die beiden Ereignisse auf ihn eingeprasselt waren, hat seinen Lebensweg erwiesenermaßen komplett und rigoros verändert.

„Schön, dich zu sehen, Ryan." Jake ergriff die Hand, die Ryan ihm hinstreckte und schüttelten sie kräftig, während sie mit dem anderen Arm eine Umarmung teilten. „Levi sagte, du würdest kommen. Wir haben uns alle gefreut, das zu erfahren. Es war an der Zeit."

All die anderen Sinclair Jungs tauchten hinter Jake auf. Alle außer Cameron, der, wie Levi sagte, auf seiner Ranch in Texas lebte und nur gelegentlich zu Besuch vorbeikam.

Trent, Max und Levi traten neben Jake und wechselten sich mit dem Händeschütteln und einer brüderlichen Umarmung ab. Ryan war praktisch mit diesen Jungs aufgewachsen. Sein eigener Vater hatte ständig in Polizeihauptrevieren gearbeitet; er war damals Polizeichef gewesen.

Sie betraten gemeinsam das Haus durch die massive Eingangstür. Jax und Blair sagten, sie würden sich später sehen, und verschwanden durch die Tür, die in einen riesigen Raum führte.

„Levi sagte, du würdest kommen, aber wir haben ihm nicht geglaubt." Max grinste. „Wir stimmten einhellig darüber ein, dass wir es nicht glauben würden, ehe wir dich gesehen haben."

„Es ist schön, dich zu sehen, man", sagte Trent. „Und dich lebendig zu sehen. Levi hat uns erzählt, dass deine Deckung aufgeflogen ist."

„Und sie dich ziemlich schlimm zugerichtet haben", fügte Max hinzu.

Ryan war erst seit kurzem wieder in der Lage, mit nur schwachem Humpeln herumzulaufen. Seine Rippen waren noch nicht gänzlich geheilt, aber fast.

„Das war keine gute Erfahrung." Er führte es nicht weiter aus, aber er wäre fast gestorben. Sie hatten ihn dem Tode überlassen und wenn er es nicht geschafft hätte, wegzukommen, als sie abgelenkt gewesen waren, hätten sie den Job beendet.

Levi verschränkte seine Arme und zog die Augenbrauen zusammen. „Sie haben ihn in der Annahme zurückgelassen, er sei tot."

„Aber jetzt bin ich hier. Und ich bin am Leben."

„Woran warst du undercover dran?", fragte Max nachforschend.

„Kann ich nicht sagen. Genauso wie wenn du in einem Sondereinsatz bist. Dann darfst du es auch nicht sagen."

Max Gesichtsausdruck drückte Verständnis dafür aus. „Deine Tarnung ist also aufgeflogen – und jetzt was?"

Das war die Frage der Stunde. „Ich bin hier, um Jax im Lagoon Adventures auszuhelfen, während er mit Grant nach Australien geht, um die beauftragten Wandmalereien zu machen, und werde es währenddessen herausfinden. Auf mich wartet eine Bürojob, falls ich das möchte." Was er nicht tat. Er hoffte, dass sie einen Weg fanden, ihn zurück an die Front im Kampf gegen den Drogenhandel in den Staaten zu bringen.

Levis Augenbraue hob sich. „Auch hier wartet ein Job auf dich, wann immer du willst, Kumpel. Und das ist kein Bürojob."

„Danke. Ich werde über dein Angebot nachdenken. Ich weiß es wirklich nicht. Ich habe nicht das Gefühl, zu Ende gebracht zu haben, womit ich begonnen habe, und das ist momentan mein Problem."

Max war in einem Sondereinsatzkommando des Militärs und nickte. „Ich verstehe dich, aber wir alle wollen dir sagen, dass du auf das blicken musst, was du erreicht hast, denn es wird immer Böses geben, das bekämpft werden muss."

„Wir reden später", sagte Levi.

Ryan und Levi waren zusammen zur Polizeischule gegangen und hatten vorgehabt, zusammenzuarbeiten. Sie hatten sich für die Laufbahn seines Vaters entschieden und wussten, dass sie nie dazu bestimmt sein würden, wohlhabend zu sein. Sie hatten einen Unterschied machen wollen, doch dann war seine kleine Schwester an einer Überdosis gestorben. Ryans Fokus hatte sich verschoben. Um so nahe wie möglich an dem Problem dran zu sein, hatte er sich darum bemüht, als Undercover-Cop rekrutiert zu werden. Er war tief eingetaucht, um den Tod seiner Schwester zu rächen.

Er war fest entschlossen gewesen, andere Kinder davor zu bewahren, wegen der gesetzwidrigen

Handlungen von Drogendealern sinnlos zu sterben. Er hatte sich selbst dazu verpflichtet, zu tun, was er im Kampf gegen die Drogen persönlich tun konnte, und das hatte eingeschlossen, tief in seine Tarnungsrolle einzutauchen.

Seine Gedanken wanderten zurück zu Jillian und der Nacht, bevor er zurück zu seinem Team und undercover gegangen war. Bevor seine Ideale und die Linien zwischen Gut und Böse verschwammen…

Bevor die schüchterne, süße Jillian ihre Arme um seinen Hals geworfen und ihn mit ihrem ganzen, naiven, jungen Herzen geküsst hatte. Und dann hatte sie ihre Seele offengelegt, indem sie ihm ihre Liebe in angeschwipster, durch Alkohol ausgelöster Leidenschaft gestanden hatte.

Jillian atmete schwer und hatte wahrscheinlich noch immer einen roten Kopf, als sie in Calis Küche stürmte. Ihr Gesicht wurde heiß und sie fühlte sich am ganzen Körper kaltschweißig. Sie war viel zu jung für Hitzewallungen, aber wenn sie sich so anfühlten, wollte sie mit ihnen nichts zu tun haben. Sie stellte die Box mit den Süßspeisen auf die wunderschöne Arbeitsfläche der großen Kochinsel, die die Küche von dem riesigen Wohnraum trennte. Die obere Schicht der Torte glitt zur Seite, aber das war ihr egal.

Cali, Olivia und Shar musterte sie alarmiert.

„Was?", fragte sie und versuchte, herauszufinden, wie sie sich normal verhalten konnte, wenn Ryan hereinkam. Sie musste sich zusammenreißen.

Shar lehnte mit der Hüfte gegen den wunderschönen Tresen, der jedem Koch das Wasser im Mund zusammenlaufen ließ. „Du verhältst dich merkwürdig." *Überlasse es Shar, es so zu benennen, wie es war.* Sie lehnte sich nach vorn und starrte in ihre Augen. „Und du hast die gleiche Farbe wie dein Kleid."

Jillian lachte nervös auf.

Cali sah besorgt aus. „Du siehst ein wenig durcheinander aus. Geht es dir gut?"

„Hast du Fieber?" Olivia streckte eine Hand aus, um Jillians Stirn zu berühren.

Jillian schob die Hand ihrer Schwester weg und

warf einen flüchtigen Blick auf die Terrasse, wo ihre Mutter und ihr Vater den Sonnenuntergang betrachteten. „Nicht", sagte sie. „Du wirst Mom dazu bringen, sich Sorgen zu machen, dass etwas mit mir nicht stimmt."

„Stimmt mit dir etwas nicht?", fragte Shar.

Sie könnte ihnen sagen, dass sich eine Grippe anbahnte, nach Hause gehen und sich für ein paar Tage verkriechen. Sie hatte definitiv das Gefühl, als würde sich etwas anbahnen. Ihr unruhiger Magen, ihre heißen Wangen... und die Überempfindlichkeit, die daher kam, dass sie wusste, dass Ryan gerade mit ihren Brüdern den anderen Raum betreten hatte.

Er sah so umwerfend aus. *Dieser kantige Kiefer und diese dunklen Brauen über unwiderstehlichen, braunen Augen.*

Sie konnte nicht anders als in den Eingangsbereich zu schauen. Ihr Mund wurde trocken und ihre Hände feucht wie Wischlappen. Und als ihre Brüder und Ryan den Raum betraten, schlug ihr Herz unregelmäßig, als sein Blick ihren traf.

Sie drehte sich weg und tauchte praktisch in den

Kühlschrank ab. „Gibt es noch mehr Essen, das wir rausbringen müssen?" Sie zog die Tür auf und steckte ihren Kopf in den Kühlschrank. Ihr Herzklopfen machte sie etwas benommen und sie rammte mit ihrer Stirn die Milchpackung.

Das war lächerlich, doch sie konnte nicht anders. „Braucht ihr Essiggurken?", rief sie und hoffte, dass die kalte Luft ihre flammenden Wangen runterkühlen würde.

Cali schob ihren Kopf in den Kühlschrank, wobei ihr Gesichtsausdruck voller Sorge war. „Ernsthaft, Jillian, was stimmt mit dir nicht?"

Jillian zuckte zusammen, aber blieb, wo sie war. „Mir geht's gut."

„Wirklich? Nun, Ryan ist hier und du solltest Hallo zu ihm sagen. Du bist offensichtlich müde oder so. Daher brauchst du nicht in der Küche helfen, wenn es deine Version von gutgehen ist, deinen Kopf in den Kühlschrank zu stopfen."

Jillian wollte nicht klein beigeben. Sie nahm das Glas mit den Essiggurken. „Ich möchte Essiggurken, daher andere vielleicht auch." Dann marschierte sie zu dem Tisch, der überfüllt mit Essen war.

Sie konnte Calis Blick spüren, wie er ihr folgte. Ein flüchtiger Blick bestätigte, dass all ihre Schwestern sie beobachteten. Aber es war Olivia, deren Blick sie einfing, als er von ihr zu Ryan wanderte. Jillian stellte die Gurken auf den Tisch und drehte sich dann zurück zu ihren Schwestern, wobei sie nichts anderes zu tun wusste, als wegzurennen. Olivias Augenbrauen hoben sich ein klein wenig fragend; es war fast als würde sie in einen Spiegel blicken, wenn man bedachte, dass sie identisch aussahen. Es gab nur ein paar Dinge, die nervig waren, wenn es darum ging, eine Zwillingsschwester zu haben.

Sie fühlte sich als hätte sie gerade verdorbene Meeresfrüchte gegessen und dann schnaufte Shar, die offensichtlich Olivias Gesichtsausdruck bemerkt hatte.

Shar grinste. „Gutes Auge, Sherlock", murmelte sie, dass es nur die Schwestern hören konnten. Ihre Augen strahlten vor Heiterkeit.

Jillian schaute kurz zu Cali, als deren Augenbrauen sich über ihren neugierigen Augen zusammenzogen. Cali blickte im Zimmer umher zu den Brüdern, die gemeinsam vor dem Kamin in dem riesigen Zimmer standen, von wo aus man die Bucht überblickte. Grant wurde vorgestellt und sie sah Levi etwas Lustiges sagen, was sie alle zum Lachen brachte, während er Ryan auf die Schulter klopfte. Vielleicht eine alte Geschichte vom Football oder ein anderes Missgeschick, in dem sie alle als Jugendliche involviert gewesen waren.

„So ist das also", murmelte Cali. „Und wir haben uns schon gefragt, warum du nicht mehr Interesse an unserem stattlichen Bauunternehmer zeigst."

Sie redete über Abe. Jillian wusste, dass sie alle gehofft hatten, sie wäre an Abe interessiert, und er war attraktiv, doch er ließ ihre Wangen nicht erröten und brachte ihr Herz nicht zum Rasen. Nicht, dass sie davon begeistert war, dass Ryan das – und mehr – auslöste und ihr emotionales und körperliches Wohlbefinden kurz und klein schlug.

„Hört auf, Mädels. Ich weiß nicht, warum ihr die ganze Zeit von mir zu Ryan schaut. Ihr solltet besser aufhören, so unhöflich zu sein, und dort rüber gehen, um ihn zu begrüßen. Ich habe bereits Hallo gesagt, bevor ich reingekommen bin."

„Cali." Blair kam aus dem Nebenflur und Jax folgte ihr. Jillian wollte das Mädchen umarmen. „Dein Haus ist unfassbar. Jax hat mich rumgeführt und mir Grants Atelier im oberen Stockwerk gezeigt." Die Pfirsichhaut der jüngeren Frau hatte etwas mehr Farbe als sonst und Jillian vermutete, dass sie womöglich in diesem oberen Stockwerk mit dem Privatbalkon mit Blick auf's Meer ein paar Küsse ausgetauscht hatten.

„Das ist ein verdammt tolles Atelier." Jax grinste, als er einen Arm über Blairs Schultern legte.

„Danke." Cali, die stets elegante Gastgeberin, konzentrierte sich auf ihre Gäste. „Über den Raum und das Licht, das er am Morgen, Nachmittag und Abend abkriegen würde, haben wir uns viele Gedanken gemacht."

Während sie sich unterhielten, entspannte sich Jillian etwas. Bis sie einen flüchtigen Blick auf ihre beiden Schwestern warf, die zur Seite getreten waren und neben der Vorratskammer miteinander tuschelten.

Gottseidank kamen auch ihre Mutter und ihr Vater in den Raum.

„Ryan", rief ihre Mutter, als sie den Mann sah, der einst wie ein sechster Sohn in ihrem Haus ein- und ausgegangen war. „Oh du meine Güte, es ist zu lange her, dass wir dich gesehen haben."

Violet Sinclair durchquerte den Raum, wobei ihr Gesicht voller Leben war und ihre dicken, dunkelgrauen Haare schwangen, während sie in Ryans Richtung eilte und ihn umarmte. Jillian sah die aufrichtige Liebe für Ryan im Gesicht ihrer Mutter. Und auch auf Ryans Gesicht.

Und dann gingen ihre Schwestern zu der Gruppe hinüber, um Ryan zuhause willkommen zu heißen.

Sie hielt sich zurück. Und dann traf Ryans Blick ihren über Calis Schulter hinweg, während ihre Schwester ihn in eine Umarmung zog.

Jillians Magen zog sich zusammen. *Das würde so merkwürdig werden.*

KAPITEL DREI

Ryan hatte diese Familie vermisst. Violet hatte ihn in ihrem Haus immer willkommen geheißen als wäre er ihr eigener Sohn und Sam war genauso. Das war schön gewesen, weil sein Vater nach der Scheidung von Ryans Mutter, als Ryan in der Grundschule war, nie wieder geheiratet hatte. Ryan hatte seine Mutter nur ein paar Mal im Jahr gesehen und daher hatte er es geliebt, Zeit im Sinclair Haus zu verbringen.

Sam streckte eine Hand aus und er schüttelte sie; Sam zog ihn in eine kurze Umarmung. „Viel zu lang her, Sohn."

„Ja. Ich freue mich, für eine Weile zurück in der Heimat zu sein."

„Schön." Sam musterte ihn. „Ich habe letztens deinen Vater gesehen. Er war auf dem Weg runter zu den Keys, um zu angeln. Wirst du zu ihm fahren?"

„Ich bin mir nicht sicher. Momentan helfe ich bei Jax im Geschäft aus. Ich werde die Zeit zuhause genießen. Dad wusste nicht, dass ich komme, und hatte seine Saison bereits gebucht." Sein Vater war in Rente und hatte angefangen, zu bestimmten Zeiten im Jahr als Angelführer zu arbeiten. Jetzt war eine dieser Zeiten. Was momentan in Ordnung war, denn Ryan musste es nicht haben, dass er nach Informationen bohrte. Einmal Polizist, immer Polizist und Alan Locke war nicht glücklich gewesen, als Ryan entschieden hatte, undercover zu arbeiten. Vor allem bedeutete undercover, dass er die meiste Zeit von dem Leben seiner Familie Abstand hielt und er war die ganze Familie, die Alan hatte. Es gab Unstimmigkeiten auszubügeln und das wusste Ryan.

Er war froh, als Cali kam und ihre Arme in einer

Umarmung um ihn legte. Sein Blick traf über Calis Schulter hinweg Jillians und er konnte sehen, dass sie noch immer verärgert und nicht glücklich war, ihn zu sehen.

Olivia und Shar bekamen beide ihre Umarmung und er wurde schnell auf den neuesten Stand gebracht was Shars Hochzeit mit Gage und ihre Arbeit im Krankenhaus für Meeresschildkröten anging. Und Olivia würde bald BJ, Gages Bruder, heiraten. Es gab viel zu erzählen und als das abebbte, konzentrierte er sich auf Grant und Cali und versuchte, nicht die ganze Zeit zu Jillian zu schauen, die am Rande von allen stand und offensichtlich Abstand hielt.

„Ich wollte dir danken, dass du dich für Jax interessierst. Der Junge hatte immer schon Talent; er erkannte nur nie sein Potential."

Grant warf Jax einen flüchtigen Blick zu. „Ich freue mich, ihm dabei zu helfen, sein Talent zu entfalten. Ich hatte jemanden in Texas, der dasselbe für mich tat, als ich aufwuchs. Das hat für mich den Unterschied gemacht, um in diese Richtung zu gehen und einen anderen Weg einzuschlagen." Er küsste Cali auf die Schläfe. „Ich bin dankbar für meine Kunst, denn sie hat mich zu Cali gebracht."

„Okay, okay", schnaufte Jake. „Lasst uns alle nicht zu rührselig werden mit dem ganzen Liebesgerede", stichelte er. „Dabei wird mir ein wenig übel."

Seine Stichelei brachte ihm Seitenhiebe von seinen Brüdern und Gelächter von Jake, dessen Augen funkelten, ein.

Violet sah zu ihren Söhnen. „Ihr solltet Unterricht bei euren Schwestern nehmen. Keiner von euch Jungs wird irgendwie jünger werden. Ich bin nur eure Mutter, aber ich denke, es wäre für euch alle fünf an der Zeit" – sie warf Ryan einen Blick zu – „euch alle *sechs*", berichtigte sie ihren Kommentar, „um darüber nachzudenken, sich niederzulassen."

„Ich finde, das ist eine großartige Idee", sagte Shar über all das Grummeln der Ablehnung und der Zustimmung ihrer Schwestern hinweg. „Jake, triffst du dich mit diesem Mädel von der Küstenwache –"

„Lass gut sein, Schwesterchen", unterbrach Jake ihre Anmerkung. „Das hat ungefähr fünf Minuten gehalten. Sie hat sich nur für meinen Körper interessiert." Er kicherte und seine Mutter schüttelte den Kopf.

Shar stöhnte. „Ich weiß nicht, ob ich dir glauben soll oder nicht."

„Glaub ihm nicht", sagte Trent sarkastisch. „Wenn du sie gesehen hättest, wüsstest du, dass er nicht die Wahrheit sagt. Das war vielleicht ein hübsches Mädel. Ein Date mit meinem Bruder und sie war schneller davongelaufen als der Helikopter, den sie geflogen ist."

„Hey", fauchte Jake. Und grinste eingebildet. „Ich —"

„Schon okay", unterbrach ihn Shar. „Wir wollen die Details nicht hören. Wir mögen unsere für-immer-und-ewig-Geschichten lieber als deine höhnischen Kommentare." Das löste bei jedem um sie herum Gekicher aus.

Sogar Jillian lachte.

Shar hatte noch nie ein Blatt vor den Mund genommen. Sie und Jillian waren immer wie Tag und Nacht gewesen. Ihm gefiel die Dynamik in der ganzen

Familie. Seine Familie war in so vielerlei Hinsicht zerrissen und unverbunden, aber die Sinclairs standen sich nahe. Er stand Jax näher als irgendwem sonst. Gerade war er durcheinander. In so vielerlei Hinsicht distanziert, dass er sich nicht sicher war, ob er seinen Weg zurück finden konnte. Er schaute zu Jillian, doch sie hatte sich weggedreht und war am Essenstisch, wo sie Kuchen in Stücke schnitt. Auf seine Brust legte sich Enttäuschung. Sie hatte keine Ahnung, dass es in den letzten Jahren Zeiten gab, in denen seine Gedanken an ihr, dieser letzten Nacht und ihren süßen Worten festhingen… und das war das einzige, was ihn durch die einsamen Nächte und Tage, in denen er vorgegeben hatte, Teil eines Drogenrings zu sein, gebracht hatte. Eine Täuschung, die ihn an eine Kante gebracht hatte, wo die Linien grau und das Sonnenlicht tot waren.

Jillian hatte die Gruppe verlassen und begonnen, die Torte und den Kuchen in Stücke zu schneiden. Aber es gab nicht mehr zu tun und schließlich kehrte sie zurück in den Raum und nahm an den Unterhaltungen teil. Zum Glück waren so viele in dem Raum, dass es leicht war, eine direkte Unterhaltung mit Ryan zu vermeiden.

Ihren Blick von ihm fernzuhalten, war nicht so leicht. *Verflucht seien ihre Augen...* Das war schon immer das Problem gewesen, wenn Ryan in der Nähe war: Alles hatte sich in Luft aufgelöst außer den Gedanken an ihn. *Nun, so würde es jetzt nicht sein.* Sie war eine erwachsene Frau, kein junger, unreifer Teenager.

Sie schaute finster drein und ihre Blicke blieben erneut aneinander hängen.

Es war Zeit für etwas frische Luft. Sie ging auf die Terrassentür zu.

„Hey, geht es dir gut?", fragte Olivia, als sie an ihr vorbeiging.

„Ja, alles gut. Ich muss nur einen Anruf machen." Sie hob ihr Telefon und ging dann in Richtung Terrasse. Sobald sie dort war, versuchte sie sich zu überlegen, wen sie anrufen könnte, denn sie wollte Olivia keine Lüge erzählt haben. Außerdem war das eine gute Entschuldigung, um an etwas anderes als

Ryan im Inneren des Hauses zu denken. Als sie die Meeresluft umgab, atmete sie tief ein und hoffte, dass das dabei helfen würde, einen klaren Kopf zu bekommen. Das musste der schlimmste Tag ihres Lebens sein.

Okay, wo war diese positive Einstellung, auf die sie sich konzentrieren wollte? *Weg.*

Sie ging an die Seite aus dem Sichtfeld der offenen Fenster und schaute auf die Bucht hinaus. Es war ein wirklich schöner Ort. Sie war wirklich gesegnet, dass sie hier lebte und sie hatte nie vor, wegzugehen. Ihr gefiel es hier. Sie konnte sich ihren Weg bahnen, egal, was kam… das konnte sie. Sie war stark. Sie könnte auf die Liebe warten… das könnte sie. Und sie konnte darauf vertrauen, dass Gott für sie einen Plan hatte. „Denk einfach positiv", murmelte sie. „Denk einfach pos–"

Hinter ihr öffnete sich die Tür und sie erstarrte.

„Jillian."

Sie stöhnte, als Ryan behutsam ihren Namen sagte. *Denk positiv.*

Sie seufzte. „Ryan." Sie versuchte, ihre Stimme

neutral klingen zu lassen. Versuchte, den Drang, sich wie eine Idiotin aufzuführen, aus ihrer Stimme herauszuhalten. „Was machst du?"

„Ich wollte nach dir sehen." Er nickte mit seinem Kopf in Richtung Haus. „Du sahst dort drinnen und vorhin draußen, als ich aufgetaucht bin, aufgewühlt aus. Macht es dir etwas aus, dass ich hier bin? Wenn es an mir liegt, gehe ich. Für mich macht es keinen Sinn, dir den Abend zu versauen."

Ja, du machst mir etwas aus und zwar auf mehr Arten als ich zugeben möchte. Bitte geh.

Jillian bekämpfte ihre gemischten Gefühle, als seine dunklen Augen ihrem Blick standhielten. Sie wollte wegrennen und sie wollte sich ihm an den Hals werfen. *An dem Punkt warst du, hast genau das gemacht, Schwester – also halte Abstand.*

„Es gibt keinen Grund, dass du gehst." Die goldenen Strahlen der untergehenden Sonne warfen ein Schimmern über sie. Jillian versuchte, nicht an romantische Strände und Spaziergänge bei Mondschein zu denken… doch es war schwer, nicht daran zu denken, während Ryan hier stand.

Er hatte ihre schlechteste Seite gesehen und wahrscheinlich dachte er jetzt gerade daran, während er sie ansah.

„Bist du sauer auf mich?" Seine Stimme war sanft, behutsam – wie eine Liebkosung.

Das machte sie wütend. „Wir wissen, dass du beim letzten Mal, als wir uns gesehen hast, deutlich gemacht hast, dass du keine Verwendung für mich hast." Sie drehte sich von ihm weg, unfähig, ihm in die Augen zu sehen.

„Du weißt, dass ich dir nicht wehtun wollte."

Sein weicher Klang rollte über sie hinweg wie Seide über warme Haut. „Das hast du. Dennoch bin ich dankbar dafür." Sie kniff ihre Augen gekränkt zusammen. „Das ist wirklich peinlich. Ich war jung und habe dich angehimmelt. Ich habe mich selbst gedemütigt, indem ich mich dir an den Hals geworfen habe. Niemand außer mir ist daran schuld. Das weiß ich." Sie hatte sich an ihn rangeschmissen und ihn mit einem Kuss überrumpelt… und ihm dann gesagt, dass sie ihn liebte. Und er hatte sie wie ein Kind behandelt.

In Wirklichkeit hatte sie ihm viel mehr angeboten

als ihr Herz: Sie hat ihm alles von sich angeboten. Sie war achtzehn gewesen, nicht so jung wie sie sich selbst gern erzählen würde, aber sich selbst als jung zu betiteln, half ihren Gefühlen trotzdem.

„Du warst nicht du selbst", sagte er.

Erneute wurde sie von Hitze überschwemmt. „Ich war betrunken." Das allein war demütigend. Sie hatte zuvor nie getrunken und seitdem keinen Alkohol mehr angerührt.

„Ja, warst du. Ich bin nur froh, dass ich derjenige war, an dem du diese Aktion ausprobiert hast, sodass du keinen Fehler begangen hast."

Er dachte, er hätte sie vor einem Fehler bewahrt. „Stimmt", murmelte sie. Wut brach in ihr hervor. „Du bist einfach gegangen." Sie ergriff das Geländer und unterdrückte die Emotionen, die ihre Stimme belegten.

Er trat näher an sie heran; sie kämpfte dagegen an, sich nicht an ihn zu lehnen. Schmetterlinge flatterten durch ihren Bauch.

„Ich habe getan, was das Beste für dich war. Alles, was ich in dieser Nacht gemacht habe, war zu deinem Besten. Ich hätte nicht einmal gedacht, dass du dich daran erinnern würdest, was du gemacht hast."

Oh, sie erinnerte sich. „Ich war achtzehn. Ich war kein Kind. Ich war alt genug, um zu wissen, was gut für mich war und was nicht." *Was sagte sie da?* „Und außerdem bist du am nächsten Tag gegangen und hast dich nicht einmal verabschiedet. Ich hatte dir meine Seele offenbart und du verabschiedest dich nicht einmal."

Seine Augenbrauen senkten sich und seine dunklen Augen gruben sich in ihre. „Jillian, ich habe einen Monat vor dieser Nacht meine Schwester verloren. Sie war in deinem Alter. Wenn ich dich und deine Schwestern angesehen habe, habe ich Jen gesehen. Ich habe einen Weg finden müssen, andere Kinder und junge Leute davor zu bewahren, an den Drogen zu sterben, die irgendwelche Dreckskerle in dieses Land bringen. Ich war überwältigt von dem, was du mir angeboten hast, aber ich konnte nur daran denken, mehr Schmerz und Kummer für Familien zu verhindern. Es tut mir leid, dass ich dich verletzt habe."

Jillian sagte sich selbst, wütend zu bleiben. Sie sagte sich, all das loszulassen. Er hatte in ihr offensichtlich immer nur die kleine Mitläuferschwester seines besten Freundes gesehen. Für ihn war sie bloß ein betrunkenes Kind gewesen.

Plötzlich lehnte sich Ryan nach vorn und küsste ihre Wange und dann trat er, bevor sie blinzeln konnte, zurück und starrte sie mit einem Blick an, der sie durchbohrte und ihren innersten Kern erschütterte.

„Wir sehen uns später, Jillian. Ich wünsche dir nur das Beste. Falls jemand fragt, sag ihnen, ich musste früher los." Und dann ging er von der Terrasse und verschwand den Pfad entlang, der zur Vorderseite des Hauses führte, in den ziemlich dämmerigen Abend. Jillian stand einfach da, während ihr Herz raste und ihr Blut pulsierte.

Und diese ungewollten Schmetterlinge schlugen in ihr alles kurz und klein.

Ihr Leben war momentan genug aus dem Gleichgewicht gebracht. Dass Ryan zurück in der Stadt war und sie an die demütigendste Nacht ihres Lebens erinnerte, war nicht, was sie brauchte. Zu wissen, dass er glaubte, sie wäre zu jung und betrunken gewesen, um zu wissen, was sie in dieser Nacht getan hatte, brachte ihr ein wenig Erleichterung von der Demütigung. Aber das war auch das Problem: Sie war nicht zu jung gewesen. Und sie war nicht so betrunken gewesen wie er glaubte, dass sie es war…

Ryan konnte nicht schnell genug von Jillian wegkommen. Während er mit großen Schritten durch den schönen Garten des Hauses ihrer Schwester ging, von dem er annahm, dass Jillian ihre talentierten Hände im Spiel gehabt hatte, versuchte er, sich zu konzentrieren. Nicht darauf, wie wunderschön und liebenswert sie war, sondern auf seine Karriere. Er wird zurück in die verdeckte Ermittlungsarbeit gehen, wenn sie ihn ließen. Er war einfach nur hier, um die notwendige Auszeit zu nehmen, bevor er erneut begutachtet wurde.

Jillian verkörperte alles Saubere und Ganze, das er

zu bewahren versuchte. Jeden Anhaltspunkt, den er geschafft hatte, seinem Drogendezernat zu geben, jedes Leben, das er geschafft hatte zu retten, indem er Drogenlieferungen aus dem Verkehr gezogen hatte, waren das Leben wert gewesen, für das er sich entschieden hatte. Jillian verkörperte die unberührten Kinder, die er versuchte zu retten. Seine Schwester hatte die verkörpert, die verloren waren. *Und Marla...* Sein Herz wurde beim Gedanken an Marla fest. Sie verkörperte, worin es enden konnte, wenn sich niemand genug Sorgen machte, um einzugreifen.

Marla hatte die Grenzen für ihn verwischt. Sein Herz schmerzte wegen ihr, selbst wenn er sich hintergangen fühlte. *Was hatte er erwartet?*

Er erreichte seinen Truck und stieg ein. Er umschloss das Lenkrad. Er musste von Jillian wegkommen und ihr fernbleiben. Sie war zu gut für den Mann, der er geworden war.

Scham und Dreck von seiner Undercover-Arbeit hafteten an ihm. Er war mit der Hoffnung nach Hause gekommen, dass er zurück zu klarem Verstand fand, sodass sie ihn wieder in die Arbeit entlassen würden. Er wollte nicht hinter einem Schreibtisch sitzen. Er wollte mitten im Geschehen sein.

Doch als er da saß und Schwierigkeiten mit der Last auf seinen Schultern hatte, fragte er sich, warum Jillian nicht verheiratet war. *Warum hatte sie keinen liebevollen Ehemann und ein paar süße Kinder wie sie, die herumliefen?*

KAPITEL VIER

Sein erster Morgen, an dem er im Lagoon Adventures aushalf, verging schnell. Ryan hatte einer Person nach der anderen geholfen, ein Kajak auszuleihen und ihr Abenteuer die Lagune entlang zu beginnen. Um die Mittagszeit konnte er trotzdem kaum aufhören. Es gab eine Flaute bei den Ankünften, da die Leute ihr Mittag entweder mit sich genommen hatten und irgendwo entlang der Lagune anhielten, um zu essen, oder sie aßen zuerst zu Mittag und kamen dann für einen Nachmittagsausflug vorbei. Er heftete Einverständniserklärungen ab, als Levi um die Ecke schaute.

„Hey, Zeit zum Mittagsessen?" Er hielt einen Beutel hoch, der Ryans Magen sofort knurren ließ.

„Ist das, was ich glaube, dass es das ist?"

„Oh ja. Ich dachte, wenn du mitessen kannst, sollten wir ein paar von Juans Tacos haben."

„Ich bin dabei." Ryan grinste und marschierte geradewegs zu dem Picknicktisch am Rand der Terrasse, von wo aus man die Lagune überblicken konnte. Juans Tacostand am Straßenrand war in Windswept Bay seit Ryan denken konnte. Während der ganzen Schulzeit war das einer der Favoriten der Jungs gewesen. „Freut mich, dass du vorbeischaust. Jetzt sogar noch mehr, da du was von Juan mitgebracht hast."

Er und Levi hatten sich für heute unverbindlich zum Mittag verabredet, denn da Levi Polizeichef war, gab es nie eine Garantie, dass er zu einer bestimmten Zeit vorbeischauen konnte.

„Es ist ziemlich ruhig heute, daher hat alles geklappt."

„Hier war es nicht ruhig, das ist mal klar. Ich bin

am Verhungern und hatte beschlossen, dass Essen außerhalb meiner Reichweite lag, wenn du nicht aufgetaucht wärst, weil ich gerade nicht weg kann. Ich habe vergessen, wie viel hier los ist."

„Ja, so hält sich Jax in so guter Form." Levi klopfte sich leicht auf den Bauch und setzte sich gegenüber von Ryan an den Tisch. „Ich muss ins Fitnessstudio gehen, um in Form zu bleiben, aber der Junge kriegt sein Workout mit der Arbeit hier."

„Ja, wem sagst du das. Morgen habe ich vermutlich Muskelkater in den Oberschenkeln. Ich bin heute so oft runter und wieder hoch gegangen. Auf der anderen Seite beschweren sich meine Rippen nicht, was wohl heißt, dass sie, wenn man mich fragt, soweit geheilt sind."

„Schön. Dann kannst du mit mir bei dem Hindernislauf zu Thanksgiving antreten."

Er lachte. „Deine Familie veranstaltet den immer noch?"

„Natürlich tun wir das. Wir füttern jeden durch, der an dem Tag rausgeht, und dann lassen wir die Kinder spielen und wir treten gegeneinander an."

„Dann bin ich dabei. Aber ich kann nicht garantieren, wie ich mich schlagen werde."

„Das wird gut für dich sein. Dein Cousin ist ein guter Kerl."

„Das finde ich auch. Es scheint auch, dass er ein tolles Mädel gefunden hat. Blair scheint wirklich sehr nett."

„Jillian zufolge ist sie großartig. Sie arbeitet seit letztem Jahr mit Jillian in der Landschaftsgestaltung des Resorts und sie liebt sie über alles."

Ryan warf Levi einen reumütigen Blick zu. „Jillian mag jeden." *Fast* – ihn mochte sie nicht mehr besonders.

Levi grinste. „Stimmt. Es braucht viel, um sich bei ihr unbeliebt zu machen."

Ryan nahm ein Bissen vom Taco. „Ja", knurrte er. „Das ist sehr wahr. Warum bist du immer noch Single?", fragte er und versuchte damit, das Thema zu wechseln. Er hätte lieber gefragt, warum Jillian noch immer Single war, aber verkniff sich die Frage und stellte sie stattdessen Levi.

Levi hob eine Augenbraue. „Ich könnte dich

dasselbe fragen, aber ich glaube, ich weiß die Antwort. Dein Leben macht dich in Sachen Beziehungen vorsichtig. Undercover zu arbeiten ist hart für einen Familienmensch.“

„Bingo.“ Ryan verbarg seine Gefühle hinter einem Pokerface. Er war ein Meister darin, zu verbergen, was er dachte. Das musste er sein; sein Leben hing davon ab.

„Ich weiß, dass du in die verdeckte Ermittlungsarbeit gegangen bist, weil du das Gefühl brauchtest, etwas mehr zu tun, um die Drogen, die deine Schwester getötet haben, zu stoppen. Das verstehe ich. Aber findest du nicht, du hast lang genug undercover gearbeitet? Vier Jahre im Grunde genommen ein Leben zu leben, als jemand, der du nicht bist, ist ziemlich ungewöhnlich. Warum ist deine Tarnung nicht schon früher aufgeflogen? Mein Bauchgefühl sagt mir, dass du über die letzten vier Jahre in ein paar bedeutsame Verhaftungen involviert warst.“

Stimmt. Verbrecher, bei denen er vorspielen musste, ihr Freund zu sein. Dreckskerle, die er verpfiffen hatte und von denen er während der Verhaftung Abstand halten musste, damit seine Tarnung gedeckt blieb. Er dachte an Marla und rieb sich die Schläfen. Er hatte versucht, ihr zu helfen… hatte versucht, sie zu retten… und am Ende hatte auch sie ihr Leben verloren.

„Du siehst schlecht aus", sagte Levi. „Du siehst älter aus als du bist. Findest du nicht, es ist an der Zeit, dein eigenes Leben zu leben? Oder bist du deswegen beurlaubt?"

Ryan knüllte die leere Verpackung der Tacos, die er verschlungen hatte, zusammen und stopfte sie in die leere Papiertüte. „Sie wollen mich nicht zurück in den Einsatz schicken. Ich bin mir nicht sicher, was ich will." Ryan schaute ihn skeptisch an. „Du hast meine Frage nicht beantwortet. Warum bist du nicht verheiratet? Du lebst im Paradies – du bist umgeben von Frauen. Und du bist der Polizeichef, um Himmels willen. Du kannst mir nicht erzählen, dass du nicht ziemlich gefragt bist."

„Hey, der Job mag nicht undercover sein, aber er ist fordernd. Keine Zeit, um eine dauerhafte Beziehung aufzubauen.“

„Du hast doch Untergebene oder nicht?“

Levi schaute ernst. „Habe ich. Aber die Wahrheit ist, dass wir für die meisten Beamten hier an der Grenze zu langweilig sind. Wir sind nicht gerade eine Metropole. Neue Rekruten suchen normalerweise nach mehr Action als in einer entspannten Ferienstadt, die es mit Touristen zu tun hat. Es ist nicht gerade der Ort, durch den du in mögliche Außeneinsätze befördert wirst. Daher habe ich eine Handvoll wirklich talentierter Kollegen und ich habe eine Fülle von Polizisten, die nur auf ihre Berentung warten, und dadurch bin ich ziemlich beschäftigt. Wenn ich echte Talente bekomme, warten die nur darauf, dass sich etwas Besseres auftut.“

„Und lassen dich auf dem Trockenen sitzen.“

„Genau. Sie wollen etwas Aufregendes. Die aufregendsten Sachen, die wir in den letzten paar Monaten hatten, waren, dass zweimal Paparazzi in die Stadt gekommen sind. Einmal wegen Grant und letzten Monat wegen Olivia. Ich bin kein Fan von diesem Unsinn. Doch in Wahrheit ist keine Stadt frei von

Problemen und es braucht Gewissenhaftigkeit, um sie klein zu halten. Du wärst hier von echtem Wert. Ich will das dir nur offenlegen."

Ryan gefiel es nicht, daran zu denken, dass dieser wundervolle Ort Probleme hatte. „Du siehst also nicht viele Drogen über die Küste kommen?"

„Wir hatten Glück, bisher nicht zu haben, was alle anderen haben."

„Du und ich wir wissen beide, dass das zum Teil dein Verdienst ist."

„Du und ich wir wissen beide, dass ich Hilfe brauche. Gute Hilfe. Jemanden, der klug genug ist, der Situation vorherzukommen, bevor sie passiert. Auf dich wartet ein Job, wenn du ihn willst. Von jetzt an werbe ich aktiv um dich."

Ryan beobachtete die Lagune und dachte über seine Optionen nach. Sein ganzes Leben fühlte sich wie in der Schwebe an. „Ich behalte das im Hinterkopf. Danke für das Angebot."

„Ich denke, das wäre für uns alle ein Zugewinn. Für dich und die Leute von Windswept Bay."

Ein Pärchen kam um die Ecke.

„Können wir ein Kajak ausleihen?“ Der ältere Mann zog an der Hand der Frau.

„Ist das sicher?“, fragte sie.

„Ja, Sir. Sie können ein Doppel oder zwei Einer bekommen. Und es ist sicher. Sie werden auch eine Rettungsweste tragen.“ Ryan stand auf. „Sieht aus als wäre meine Pause vorbei und es geht für mich zurück an die Arbeit.“

Levi grinste. „Ich schätze, ich werde auch besser etwas arbeiten. Wir hören uns.“

Ryan hob seine Daumen und schaute seinem Freund nach, als er wegging, bevor er sich zu dem Pärchen wandte. Die Frau in ihren Sechzigern brauchte Bestärkung. Er lächelte und ging ihr helfen.

Doch seine Gedanken schweiften zu Jillian ab. *Würde sie ihm gegenüber auftauen, wenn er bliebe?* Er sagte sich, er müsse sie aus seinen Gedanken kriegen. Dass es das Beste war. Dass sie sauer auf ihn war und auf Abstand blieb. Sie hatte gesagt, er hätte sie verletzt… und es verletzte ihn, das zu wissen, doch er hatte getan, was er hatte tun müssen.

Sollte er auf Abstand bleiben? Konnte er auf

Abstand bleiben?

Ihm fiel es schwer, sie aus seinem Kopf zu kriegen, und er war sich nicht sicher, was er diesbezüglich tun würde.

Vier Tage nachdem sie davon erfahren hatte, dass ihre Träume von einem Baby gefährdet waren – und sie Ryan das erste Mal, seitdem sie achtzehn war, gesehen hatte – hatte Jillian auf Arbeit viel zu tun. Arbeit war ihre Rettung.

Sie hatte im Blumenbeet gearbeitet, als Abe sie gebeten hatte, einen Blick auf die Neugestaltungen zu werfen. Jetzt stand sie neben Abe, während sie das neugestaltete Badezimmer begutachteten. Alle Zimmer sollten diese bekommen. Und Abes Team arbeitete hart daran, die Schlafzimmer zu verkleinern und die Badezimmer zu vergrößern und luxuriöser zu gestalten. Glücklicherweise waren die Zimmer, als sie erstmals gebaut worden waren, größer als durchschnittliche Hotelzimmer, daher konnten sie mit der verlorenen Bodenfläche umgehen. Und die Kunden würden die modernisierten Badezimmer lieben.

„Du machst einen großartigen Job, Abe. Es hat all das, worauf wir gehofft hatten, und mehr."

„Freut mich, dass du so denkst. Das Team hat einen wirklich tollen Job gemacht."

Jillian war es nicht entgangen, dass Abe nicht nur attraktiv und nett war, sondern auch bescheiden. Er gab seinem Team immer die Anerkennung, die es verdiente. Das gefiel ihr. Sie traf seinen Blick. *Bitte, lass mich etwas fühlen. Nur ein paar Schmetterlinge.* Aber nein, da war nicht mehr als das Wissen, dass er ein netter Mann war, den sie mochte und respektierte.

Keine Schmetterlinge, kein beschleunigter Herzschlag, keine weichen Knie: nichts. Das war genug, dass sie eine Packung ihrer Lieblingseiscreme mit gebrannten Mandeln kaufte und den ganzen Eimer mit einem Mal essen würde. Und trauriger Weise lag der Supermarkt zwischen hier und ihrem Zuhause. Es würde schwer werden, daran vorbeizufahren.

Sie hob ihren Blick zu Abes Lippen und stellte sich vor, ihn zu küssen… nein, kein Kribbeln. *Nichts Vergleichbares zu dem, was im Moment passiert war, als Ryan ihr nahe gekommen war –*

Abe räusperte sich. „Jillian, geht es dir gut?"

Ihr Blick schoss zu ihm; er hob eine Augenbraue.

„Was?", keuchte sie und schreckte innerlich auf, da sie wusste, dass er sie dabei erwischt hatte, wir sie seine Lippen beäugte.

„Hab ich etwas an meinem Mund?"

„Nein, ich meine – Tut mir leid, ich, ich war in Gedanken. Hab nicht bemerkt, dass ich gestarrt habe. Also…" Sie räusperte sich. „Was wolltest du mir zeigen?"

Er sah nicht so aus als würde er ihr komplett glauben, aber er ging zu einer Wand. „Falls du und deine Schwestern das wollt, könnte ich ein kleines Bücherregal hier an die leere Stelle machen, die dadurch entstand ist, dass wir die Kaffeetheke um die Ecke verlegt haben. Es würde dem Raum etwas mehr Pfiff verleihen. Oder wir können es zumauern. Ich wollte dir die Idee nur zukommen lassen."

„Großartige Idee." *Sie musste hier raus.*

Er verschränkte seine Arme. „Okay, falls du denkst, ihr drei würdet das gern so haben, mache ich einen Kostenvoranschlag. Viel wird es nicht sein."

„Ich denke, es wird ihnen gefallen." Sie bewegte sich allmählich auf die Tür zu.

„Gut. Heute Abend werde ich einen knappen Kostenvoranschlag ausarbeiten. Bist du sicher, dass es dir gut geht?"

„Gut. Perfekt. Ich meine, mir geht es gut." *Er* war perfekt. Falls er sich zu ihr hingezogen fühlte, könnte sie sich mit einem perfekten Mann wie ihm niederlassen… richtig? Wenn das bedeutete, dass sie ihren Traum von Babys wahr werden lassen konnte – *konnte sie nicht?* Ryan erfüllte ihre Gedanken wie eine unerwünschte Schmierlaus ihre Blumenbeete. „Danke. Ich muss los." Sie winkte, drehte sich um und flüchtete.

Eine Stunde später lenkte sie ihr Auto auf den Parkplatz des Supermarktes und kam quietschend zum Stehen. Sie eilte hinein und rannte praktisch in den Gang mit der Eiscreme. Sie würde nicht nur eine, sondern drei Packungen der gefrorenen Süßspeise kaufen, so gestresst war sie.

Abe war der perfekte Mann und sie sollte alles in

ihrer Macht stehende tun, um ihm den Kopf zu verdrehen und seine Aufmerksamkeit zu kriegen, damit sie die Chance auf ein Baby hatte. Aber nein, ihre Gedanken kehrten immer wieder zu Ryan zurück. Sie hatte Monate gebraucht, um nicht nur über ihre eigene Demütigung in dieser Nacht, in der sie ihm ihre Liebe gestanden hatte, hinweg zu kommen, sondern auch, um sich selbst darin zu bestärken, dass sie ihn wirklich nicht liebte. Nicht wirklich.

Doch obwohl sie sich selbst davon überzeugt hatte, hatte es kein anderer Mann mit dem Podest, auf das sie ihn gestellt hatte, aufnehmen können. Und jetzt war er zurück.

„Gebrannte-Mandel-Eiscreme, ich komme", murmelte sie, während sie ihren Einkaufswagen durch die Mitte der Gefrierabteilung lenkte. Als sie dort ankam, zog sie die Glastür auf und nahm sich die erste Packung und legte sie in den Wagen. Sie griff nach der zweiten Packung, als ausgerechnet Ryan auftauchte. *Konnte der Tag irgendwie schlimmer werden?*

Er lehnte sich gegen den Glasschrank, verschränkte seine Arme über seiner breiten, in ein T-

Shirt gekleideten Brust und grinste. „Eiscreme mit gebrannten Mandeln ist also noch immer deine Schwäche." Seine Augen kräuselten sich in den Ecken.

„Ich kaufe nur etwas Eiscreme. Hast du damit ein Problem?" Sie schaute ihn böse an und fühlte sich wie eine Kratzbürste.

Er hob seine Hände und legte die Stirn in Falten. „Nein. Ich hab dich nur geärgert. Aber ich erkenne meinen Fehler." Er griff nach einer Packung Gebrannte-Mandel-Eiscreme und ließ die Tür sich schließen, während er sie in seinen Wagen legte; dann ging er weg.

Jillian stand da, fühlte sich schrecklich und beobachtctc, wic cr seinen Wagen leger zum Ende des Ganges schob. Das war nicht sie – diese gemeine, grantige Person. Er hatte sich neulich Abend dafür entschuldigt, dass er sie verletzt hatte. Nicht, dass das all ihren Schmerz, den sie empfunden hatte, wettmachte, aber es war nicht sein Fehler gewesen, dass sie sich in ihn verknallt und sich ihm dann an den Hals geworfen hatte.

Sie ging vorwärts und schob ihren Wagen so

schnell sie konnte. „Ryan", rief sie.

Er blieb stehen und drehte sich zu ihr. „Was, Jillian?", fragte er und klang selbst frustriert.

Was hatte sie vorgehabt zu sagen? Als sie zunächst nichts sagte, neigte er leicht seinen Kopf, blieb aber stumm. Der Ball war klar in ihrem Spielfeld. „Ich verhalten mich normalerweise nicht so."

„Ich weiß, dass du dich früher normalerweise nicht so verhalten hast. Tut mir leid, wenn ich einen Anteil an deiner Veränderung habe."

Sie seufzte und all die aufgestaute Wut und Verletzung in ihrem Inneren zerbrach zu ihren Füßen. „Es liegt nicht an dir. Nicht wirklich. Bei mir ist viel los —"

„Hör zu." Er streckte sich zu dem kleinen Regal am Ende des Ganges und nahm einen Beutel mit Plastiklöffeln. „Ich habe zufällig eine Packung Eiscreme und einen ganzen Beutel voller Plastiklöffel. Würdest du mit mir irgendwohin gehen und sie mit mir teilen und vielleicht könnten wir reden? Vielleicht könnten wir von vorn anfangen?" Er winkte mit den Löffeln wie mit einem Olivenzweig; ein

Friedensangebot. Eine Möglichkeit, um über den Ärger hinweg zu kommen.

Jillian bebte innerlich. „Ja. Das würde mir gefallen."

Er lächelte und ihr Tag schien ein wenig aufzuhellen. „Das ist das Beste, das ich gehört habe, seitdem ich zurück in der Stadt bin." Er schaute zu ihrem Wagen. „Glaubst du, wir brauchen deine beiden Packungen und meine einzelne?"

Sie lächelte. „Vielleicht lege ich meine zurück."

„Klingt nach einem Plan. Ich warte genau hier."

Auf dem gesamten Weg zurück fühlte sie, wie er sie beobachtete und sie spürte das Summen der Vorfreude durch sie hindurch klingen, während die Stimme in ihrem Kopf begann zu singen: „Bleib ruhig und mach vorsichtig weiter."

Ein paar Minuten nachdem er Jillian beim Eiskaufen über den Weg gelaufen war, führte sie Ryan zu einem Picknicktisch in einem kleinen Park, von wo aus man über die funkelnde Bucht blicken konnte. Der Park war ein beliebter Ort, doch er fand einen Tisch an der Seite und stellte die Packung Eiscreme auf den Tisch. Familien spielten am Strand, doch der große Sandbereich hielt sie fernab des Geschehens und gab ihnen ein Gefühl der Privatsphäre. Er freute sich über die unerwartete Wendung der Geschehnisse. Sich niedergeschlagen fühlend als er in den Laden gegangen war, um sich etwas zu holen, um seine Sorgen zu lindern, hatte er nicht damit gerechnet, Jillian dort zu finden.

Der sonnengefärbte Himmel des Spätnachmittages schickte goldene Strahlen hinab, die sich auf dem blauen Wasser spiegelten, was es zu einem atemberaubenden Tag machte. Doch ihm raubte nichts mehr den Atem als Jillian.

Sie saßen auf derselben Seite des Picknicktisches, sodass sie in Richtung Wasser blicken konnten, auch wenn sie jede Menge Platz zwischen ihnen ließ. Er war einfach froh, dass sie hier war.

„Ich denke, das wird sagenhaft werden." Er nahm den Deckel der Eiscremepackung ab, griff dann in den Beutel, zog einen Löffel heraus und hielt ihn ihr hin.

„Danke." Sie sah zum Wasser hinaus. „Es ist wunderschön hier." Sie lächelte ihn an und hätte ihm beinahe den Atem geraubt.

Jillian war mit ihrem weichen, honigblonden Haar und feinen Gesichtszügen zu einer wunderschönen Frau geworden. Aber sie war schon immer ein hübsches Mädchen mit einem freundlichen und süßen Charakter gewesen. „Das finde ich auch." Er konnte nicht anders als sie anzustarren. „Ich erinnere mich noch immer an das erste Mal, als wir herausgefunden haben, dass wir beide dieselbe Eiscreme mögen. Das war im Sommer vor deinem letzten Jahr an der High School und wir waren alle bei einer Feier zum vierten Juli, die deine Eltern veranstalteten. Sie haben dich damit geärgert, dass du kein ‚normales' Mädchen bist, das Schokolade liebt."

„Daran erinnere ich mich. Und du sagtest, das wäre auch deine Lieblingssorte." Jillian lächelte erneut. „Ich erinnere mich, dass ich überrascht war, dass ein Kerl Eiscreme mit kandierten Mandeln und Karamell mag."

Er lachte. „Ich schätze, das ist nicht die am

männlichsten klingende Eissorte.“

„Vielleicht nicht, aber es ist die beste.“

Er tauchte seinen Löffel in eine Seite des weicher gewordenen Desserts und nahm einen Happen. Jillian tat dasselbe auf der anderen Seite der Schachtel. Die Geschmäcker von Vanille, Karamell und mit braunem Zucker überzogenen Mandeln erfüllten seinen Mund. „Jap, es ist noch immer die beste.“

„Ist sie. Und wenn es weich und cremig ist, ist es unschlagbar.“ Sie nahm einen weiteren vollen Löffel und grinste, als sie ihn in den Mund nahm.

In den nächsten Augenblicken aßen sie in kameradschaftlicher Stille. Schließlich hielt er inne. „Jillian, ich schulde dir eine Erklärung.“

„Nicht wirklich. Ich meine, du hattest keine Ahnung, dass die kindliche Schwester deines besten Freundes glaubte, sie würde dich lieben. Du hast nichts gemacht, um das hervorzurufen. Du warst immer einfach du selbst, ein wirklich netter Kerl. Diese Nacht war einfach ein echtes Desaster.“ Sie tauchte ihren Löffel in die Eiscreme und rührte die schnell schmelzende Süßspeise um. „Ich war jung und naiv.

Ich bin überhaupt dankbar, dass du mein… Angebot abgelehnt hast. Ich schäme mich dafür, dass ich so auf dich zu marschiert bin. Du warst so geplättet, als ich dich förmlich attackiert habe."

Ihre Wangen waren jetzt rosa, während sie sprach und er konnte sich nur vorstellen, wie peinlich berührt sie sich bei der Erinnerung an diesen Moment, als sie ihn nicht nur mit Küssen erstickte, sondern ihm sagte, dass sie ihn liebte und ihm anbot, mit ihr zu schlafen, fühlen musste. Das hatte ihn zu Tode erschreckt.

Das war immerhin Jillian.

Die liebe, schüchterne Jillian. Und sie war außer Kontrolle gewesen.

Die eine Person, von der er nie erwartete hatte, dass sie ihn anmachen würde, und sie hatte es getan.

„In dieser Nacht warst du nicht du selbst. Das wissen wir beide."

Sie nickte und nahm schnell einen weiteren Löffel Eiscreme.

„Ich hatte dich gern, Jillian."

Sie legte den Löffel ab und erstarrte. „Ich bin mir sicher, dass du das getan hast. Ich war die kindische

Schwester. Eine von vier. Und deine Reaktion war genau wie sie hätte sein sollen –"

Er legte ihr eine Hand auf den Arm. Sein Puls begann zu rasen, als er sie berührte. „Ich *mochte dich, Jillian.*"

„Ja, ich weiß. Aber ich hätte nicht von dir erwarten sollen, mehr zu empfinden. Was wusste ich schon? Ich war außerdem zu jung."

„Jillian, ich mochte dich", sagte er nachdrücklich und versuchte, zu ihr durchzudringen. „Bei mir war einfach so viel los. Ich war dabei zu gehen. Ich bin gegangen… undercover. Ich hatte dir nichts zu bieten und du hast so viel mehr verdient."

Sie starrte ihn an. Ihr Blick war von Verwirrung überdeckt. Oder von Ungläubigkeit.

„Ich wollte, dass du weißt, dass ich dich mochte. Du bist eine sehr besondere Frau. Das fand ich immer. Damals war zu viel los in meinem Leben und du warst so jung. Ich hatte das Ziel in meinem Leben in Bewegung gesetzt und dir zu sagen, dass ich dich mochte, wäre dir gegenüber unfair gewesen."

Sie schaute sprachlos. „Du mochtest mich?", wiederholte sie vorsichtig. „So wie auf eine romantische Art und Weise? Nicht mögen im Sinne von ‚du bist die kleine Mitläuferschwester meines besten Freundes'?"

Er lächelte und war sich nicht ganz sicher, wo diese Unterhaltung hinführte oder was sie dachte. „Das habe ich. Aber dir das zu sagen, hätte nichts gebracht. Meine Hoffnung war, dass du darüber hinwegkommst, dich verliebst und ein wundervolles Leben führst."

Jillians Brauen zogen sich über verwirrten Augen zusammen. „Ich bin darüber hinweggekommen. Das ist lange her."

„Warum warst du dann so wütend auf mich?" *Warum drängte er sie? Er sollte es gut sein lassen.*

„Weil ich es peinlich fand, dass du mir nicht gesagt hast, dass du gehst. Du bist einfach gegangen. Levi hat uns später erzählt, dass du in die verdeckte Ermittlungsarbeit gegangen bist. Wir wussten, dass das mit der Überdosis deiner Schwester zu tun hatte. Aber ich schätze, dass ich dachte, du würdest mir das in der

Nacht, bevor du gingst, erzählen.“

Sein Herz schlug stark und heftig in seiner Brust. „Du hast dir Sorgen um mich gemacht?“ Er hatte sich eingeredet, dass sie sich damals einfach wie ein Schulmädchen in ihn verknallt hatte.

„Du warst praktisch Teil unserer Familie. Natürlich haben wir uns Sorgen um dich gemacht. Und dann war ich wütend auf mich selbst und beschämt und gekränkt. Aber dann bist du nie zurückgekehrt.“

Sie musterte ihn und Unbehagen sickerte durch ihn hindurch. Jillian musste der Welt, in der er während der letzten paar Jahre involviert war, nicht ausgesetzt sein. „Es war nicht nötig, sich um mich Sorgen zu machen. Ich habe getan, was getan werden musste, und es war… kein Leben, das ich hätte teilen können. Oder in das ich irgendjemanden hätte hineinziehen wollen.“ Er machte eine Pause und wollte ihr so gern erzählen, dass er sie mochte. Bis jetzt hatte er nicht gänzlich verstanden, wie sehr er sie mochte. „Du musstest nicht mit jemandem wie mir eine Beziehung haben. Ich hatte gedacht, du würdest aufwachen und dir klar werden, dass du eine schlechte Nacht hattest, und darüber hinwegkommen. Ich bin wirklich überrascht, dass du nicht geheiratet und Kinder hast."

Sie blinzelte und ihre wunderschönen Augen trübten sich. „Nein, bisher nicht." Sie blinzelte erneut, während sie hinaus zu den Kindern, die auf dem Sand herumtollten, schaute.

„Das kann ich nicht glauben. Sind die Männer hier verrückt?" Etwas fühlte sich nicht richtig an. *Waren das Tränen, die sie die ganze Zeit wegblinzelte?*

„Ich treffe mich mit jemandem." Sie stand auf. „Ich schätzte, wir sollten das besser wegwerfen, bevor es eine Riesensauerei macht." Sie streckte ihre Hand nach der geschmolzenen Eiscreme in dem Karton aus und er machte dasselbe. Ihre Hände stießen aneinander und die Packung fiel zu Boden.

„Tut mir leid", sagte er und bückte sich schnell; sie machte dasselbe und sie stießen mit den Köpfen aneinander. „Jetzt tut es mir wirklich leid."

„Schon okay. Wir haben beide einen

Dickschädel." Sie lachte und rieb sich die Stirn, während er den Behälter aufhob, bevor der Inhalt komplett über den Sand lief.

Ihre Blicke trafen sich und er wollte sie in diesem Moment so gern küssen. Stattdessen stand er auf, ging zum Mülleimer und drehte sich mit dem Rücken zu ihr, während er die Packung in den Eimer stopfte.

„Hast du jemanden gefunden, während du weg warst?"

Ihre Frage traf ihn unerwartet. Er erstarrte und dachte an Marla. „Nein", sagte er. „Meine Arbeit war für Beziehungen nicht förderlich." Er drehte sich zu ihr.

Sie nickte und die Luft schien elektrisch aufgeladen zu sein, als sie einander musterten. *Er wollte...* Er schüttelte sich und legte diesen Gedanken still. „Ich wollte die Dinge zwischen uns einfach klarstellen. Sichergehen, dass du weißt, dass es nichts gibt, wofür du dich schämen musst. Mir gefällt der Gedanken nicht, dass du wütend auf mich bist."

„Alles gut zwischen uns. Gebrannte-Mandel-

Eiscreme heilt alle Wunden." Sie lachte sanft und ihr Lachen grub sich tief in die dunklen Ecken seines Herzens. „Wirst du zurückgehen? Ich meine, wenn Jax wieder da ist?"

„Ich weiß es nicht. Um ehrlich zu sein, ist meine Deckung aufgeflogen. Ich weiß nicht, wo ich als nächstes hingehe oder was ich machen werde. Du gehst also zurzeit mit jemandem aus?"

„Ich… ja", sagte sie nach einem Zögern. „Abe, der Bauunternehmer im Resort. Wir waren ein paar Mal zusammen aus.

Seine Stimmung erhielt einen Dämpfer. „Nun, das ist gut."

„Ja. Gut."

Sie gingen stumm in Richtung Parkplatz. Als sie ihr Auto erreichten, öffnete er ihr die Tür und sie wandte sich zu ihm. Sie waren einander nahe; ihre Blicke aufeinander gerichtet. Er konnte nicht anders. Er beugte sich vor, küsste ihre Wange und trat dann zurück. „Du passt auf dich auf, Jillian. Wir sehen uns."

Sie nickte. „Ich bin hier." Sie stieg ins Auto und

zog die Tür zu. Sie traf seinen Blick durch das Fenster und dann fuhr sie weg.

Er schluckte den Kloß in seinem Hals runter, während er sie die Straße entlang verschwinden sah.

Sie verdiente mehr, etwas Besseres als den Mann, der er geworden war, und das wusste er. Aber es kostete ihn alle Überwindung, die er hatte, ihr nicht nachzulaufen.

KAPITEL FÜNF

Sie hatte nicht geschlafen.

Nicht ein kleines Bisschen… und Jillian spürte das, als sie am nächsten Morgen das Büro betrat. Cali, Olivia und Shar waren in eine Unterhaltung bei der Kaffeemaschine vertieft und schauten sofort schuldbewusst drein, als sie sie sahen. Sie wollten sich gemeinsam treffen, um die bevorstehende Thanksgivingfeier zu besprechen, aber ganz ehrlich, ihr Herz konnte nicht feiern, egal wie sehr sie es versuchte.

Jillian ging zu der Gruppe hinüber, nahm sich eine

Tasse und füllte sie mit Kaffee… ihre vierte heute Morgen. Ja, sie hatte bereits drei Tassen bei sich zuhause getrunken, nachdem sie sich gewälzt und gedreht hatte, während ihre Gedanken miteinander rangen, was sie mit ihrem Leben machen sollte. Sie hatte es aufgegeben, war aus dem Bett gekrabbelt, hatte sich eine große Tasse Kaffee gebrüht und war auf die hintere Terrasse gegangen. Und dort hatte sie gesessen, *allein,* in ihrem entzückenden Garten unter einem romantisch sternenbeschienenen Himmel, eine Tasse nach der nächsten getrunken und beobachtet, wie das Mondlicht über das schimmernde Wasser tanzte.

„Wir sind froh, dass du hier bist." Cali klang nervös. „Wir wollten mit dir reden."

Jillian sank auf ihren Schreibtischstuhl und nahm einen vorsichtigen Schluck, bevor sie aufsah, um mit den unterschiedlichen Blicken ihrer Schwestern, von Bestürzung bis Sorge, in Kontakt zu treten.

„Etwas stimmt nicht", sagte Olivia. „Wir machen uns Sorgen um dich."

„Mir geht's gut." Doch Jillian wusste, dass es das

nicht tat. Sie sollte sich mit den Neuigkeiten vom Arzt arrangieren, aber auch das tat sie nicht. Über ihr hing eine Schwere, die sich wie an ihr ziehender Treibsand anfühlte.

„Nein, geht es nicht." Shars Augen funkelten. „Du siehst ungepflegt aus und trägst dein Shirt verkehrt herum. Das ist nicht gut."

Jillian blickte zu ihrem T-Shirt. „Nun, das ist ärgerlich."

„Okay." Olivia kam zu ihr herüber; ihre Schwestern folgten hinter ihr. „Jetzt reicht's. Was ist los?"

„Ja, Süße", sagte Cali, wobei sich Sorge über ihre feinen Gesichtszüge legte. „Seit Tagen verhältst du dich nicht wie du selbst. Seit meiner Feier. Ich weiß, dass wir beschäftigt waren und du dort draußen im Garten gearbeitet hast, aber wir haben dich beobachtet. Und ich habe nicht vergessen, dass du am Abend der Party roter als deine Lieblingsrosen warst. Und du bist praktisch in meinen Kühlschrank geklettert. Das entspricht nicht der ruhigen, coolen und gefassten Jillian, die wir alle kennen."

„*Und*", sprang Shar ein. „Wir haben dich auf der Veranda mit Ryan gesehen. Dann ist er vorzeitig gegangen. Und du auch. Läuft da etwas zwischen euch beiden und du hast Angst, es uns zu erzählen?"

Das überraschte sie.

Shar keuchte. „Da läuft was! Ich wusste es."

„Nein, da läuft nichts", leugnete Jillian. Aber sie wusste, dass das nichts brachte. Seit ihrem Gespräch mit dem Arzt fühlte sie sich merkwürdig, abgekoppelt und jetzt war Ryan ständig in ihren Gedanken. Sie hatte große Angst, dass sie dabei war, etwas total und gänzlich Verrücktes zu machen, wenn sie nicht mit irgendjemandem sprach. Wenn jemand sie nicht beruhigte.

„Also warum glaube ich dir nicht?", fragte Cali. „Ryan ist ein toller Kerl. In unserer Kindheit hast du ihn angehimmelt."

„Das hast du", stimmte Olivia zu. „Du hast es nie gesagt, aber wir wussten alle, dass es stimmte. Wenn er in der Nähe war, hast du deinen Blick nie von ihm abgewendet."

So viel dazu, Dinge vor ihren Schwestern geheim

zu halten.

Shar grinste. „Ich denke, wir waren vermutlich alle irgendwann mal in ihn verknallt. Nur bist du es immer noch, nicht wahr?"

„Okay, ja. Ich war lange in ihn verknallt gewesen. Aber sieben Jahre sind ein großer Altersunterschied."

„Während der Schulzeit", erwiderte Shar. „Nicht in der Erwachsenenwelt. Es ist ein perfekter Altersunterschied."

„Ist es. Und falls du ihn noch immer magst, du und Abe ihr seid nur ein paar Mal ausgegangen. Hast du deswegen Bedenken?"

Jillian stellte ihren Kaffee ab. „Nein. Das ist es nicht." Sie rieb sich ihre Schläfe, wo ihr Kopf angefangen hatte, zu hämmern. Sie hatte die Worte bisher noch nicht laut gesagt. Nur der Arzt hatte die Worte laut gesagt. *Was – dachte sie etwa, wie würde nicht wahr werden, wenn sie sie in sich versteckt behielt?*

Sie blickte zu Cali. „Ich habe am Tag deiner Feier gerade erfahren, dass ich womöglich keine Kinder werde haben können." Ihren Schwestern verschlug es den Atem, während sie fortfuhr, „*Und,* falls ich in der Lage bin, Kinder zu bekommen, sollte ich sie früher, nicht später haben. So wie jetzt."

Im Zimmer wurde es still, als ihre lieben Schwestern blass wurden. Sie wussten, wie sehr sie Kinder haben wollte.

Calis Augen füllten sich mit Tränen. „Warum hast du es uns nicht erzählt? Du wusstest es die ganze Woche schon?" Sie schlang ihre Arme um Jillian. „Das tut mir so leid."

Jillians Herz zog sich fest zusammen und sie unterdrückte die Emotionen, die sich zu einer Faust in ihrem Inneren verknotet hatten. Dennoch verließ eine Träne ihr Auge und rollte ihre Wange hinunter.

„Warum?", fragte Olivia. „Es tut mir so leid, aber warum sagt der Arzt sowas?"

„Es gibt eine lange Liste von Gründen, wie sich herausgestellt hat. Doch es lässt sich auf die Tatsache reduzieren, dass meine Endometriose meinen Eierstöcken die Luft abschnürt und sie einfach tyrannisiert. Und es gibt ein paar andere Probleme, die nur noch schlimmer werden. Und zwar schnell. Es sieht einfach nicht gut aus."

Da, sie hatte es gesagt.

Shar hatte nichts gesagt und Jillian warf ihrer sonst nicht auf den Mund gefallenen Schwester, die ungewöhnlich still war, einen Blick zu.

Jillian wischte sich mit ihren Fingerspitzen eine Träne weg. „Ich versuche, mich weiterhin auf all die schönen Dinge, dich ich habe, zu konzentrieren und darauf, dass noch immer eine Chance besteht. Und dass ich adoptieren kann. Aber ich wache jeden Morgen auf und kann mich kaum aus dem Bett quälen. Jeder Moment, in dem ich nicht versuche, ein Baby zu bekommen, ist verlorene Zeit."

„Du brauchst einen Mann", sprach Shar schließlich. „Und du brauchst ihn gestern."

Jillian starrte Shar an, überrascht, dass sie die exakt gleichen Worte verwendete, die Jillians Herz ihr immer wieder sagte.

Cali schaute Shar stirnrunzelnd an. „Ärgere sie in einem solchen Moment nicht."

Shar schaute unbeeindruckt. „Ich ärgere sie nicht. Das ist ein Fakt."

„Na ja", sagte Olivia behutsam. „Du hast nicht ganz Unrecht. Aber, wirklich Shar, jetzt ist nicht der Zeitpunkt –"

„Jetzt ist genau der Zeitpunkt", widersprach Shar. „Ihr läuft die Zeit davon. Habt ihr sie nicht gehört?"

Jillian beobachtete, wie ihre Schwestern den Kampf ausfochten, der seit einer Woche in ihrem Kopf tobte.

Anteilnahme erfüllte Calis Augen. „Jillian, du musst nicht verzweifelt sein. Ich meine, du bist wunderschön; du bist eine liebenswerte und fantastische Person – was die Hauptsache ist. Es wird ein Mann auftauchen und so gesegnet sein, dich als Frau und Mutter seiner Kinder zu haben. Gott kümmert sich darum."

„Richtig", sagte Olivia. „Dort draußen gibt es jemand Besonderes für dich. Ryan ist zurück in der Stadt."

„Er ist ein Undercover-Agent", brachte Jillian schließlich heraus.

Olivia runzelte die Stirn. „Stimmt. Aber er geht womöglich nicht zurück. Und Abe!", rief sie aus. „Er ist immer noch im Rennen und großartig."

„Er ist ein toller Typ. Er ist perfekt, aber ich… fühle nichts Besonderes, wenn ich mit ihm zusammen bin."

Ihre Schwestern starrten sie an.

„Das wäre ein Problem", sagte Shar. „Du musst Funken und Schmetterlinge und Gänsehaut fühlen."

„Liebe. Sie muss Liebe empfinden", berichtigte Cali Shar.

„Hey, hör auf, große Schwester. Ich glaube absolut, dass Liebe die Nummer eins ist. Aber all die anderen Sachen spielen auch eine Rolle."

Jillian atmete tief durch.

„Wenn du vielleicht mehr Zeit mit Abe verbringst?", fuhr Olivia mit hoffnungsvollem Blick fort.

„Was empfindest du, wenn du in Ryans Nähe bist?", fragte Cali mit einem Funkeln in ihren grünen Augen.

Jillian spürte, wie ihre Wangen brannten. Beim Gedanken an Ryan und diesen ersten Abend, als er bei Calis Haus aufgetaucht war und dann noch einmal, als sie zusammen an dem Picknicktisch saßen und Eis gegessen haben, stand Jillian auf. Die Chemie, die sie mit Ryan gefühlt hatte, war nicht zu leugnen. Sie versuchte, nicht an ihren demütigenden Auftritt der Verzweiflung in der Nacht ihres Abschlussballs zu denken.

Shar lachte. „Wenn ihre brennenden Wangen ein Anzeichen sind, dann sind dort definitiv Feuerwerke. Das erklärt, warum du bei Cali beinahe in den Kühlschrank geklettert bist."

„Es stimmt." Jillian erschauderte. „Sowas von wahr und ich weiß einfach nicht, was ich tun soll."

„Verbring Zeit mit ihm", sagte Olivia.

„Genau." Cali stütze sich die Hände in die Hüften. „Mädchen, komm aus deinem Schneckenhaus raus. Auch er hatte seinen Blick auf dich gerichtet, also glaub nicht, dass das einseitig ist. Ich hab gesehen, wie er dich die ganze Zeit angeschaut hat."

Beim bloßen Gedanken daran flatterten Schmetterlinge. „Aber es ist einfach nicht so leicht. Ich kann nicht mit gutem Gewissen jemandem, mit dem ich ausgehe, nicht erzählen, dass ich womöglich keine

Kinder haben kann. Und ist das nicht die perfekte Sache für ein erstes Date?"

Shar zuckte zusammen. „Oh, das ist ein Problem."

„Nicht mit Ryan", sagte Cali verteidigend. „Er ist praktisch Teil der Familie."

„Ich kann das nicht machen." Jillian warf ihren Schwestern einen finsteren Blick zu. „Glaubt nicht, ich hätte nicht darüber nachgedacht. Es macht mich wahnsinnig. Ich bin verzweifelt, aber… ich denke nicht, dass ich einem Mann im Vorhinein sagen kann, wie verzweifelt ich bin. Und ich kann es ihm aus Angst, dass er sich in mich verliebt und dann erfährt, dass ich ihm keine Kinder schenken kann, nicht nicht sagen. Es ist schrecklich."

Schließlich waren ihre drei Schwestern alle sprachlos.

Sie hatte über all das nachgedacht. Und irgendwo unter diesem romantischen Mond der letzten Nacht hatte sie gewusst, was ihre einzige Option war. „Daher… werde ich anfangen, bei einer Samenspenderbank zu schauen. Ich denke, das ist das Beste."

„Nein", riefen ihre Schwestern einstimmig.

Cali kam zu ihr und legte ihre Hände um ihr Gesicht. „Du musst tief durchatmen und dafür beten. Du, meine liebe Schwester, musst Frieden finden. Und dann schaust du, was passiert. Sei jetzt einfach du selbst."

Olivia kam herbei und legte ihr einen Arm um die Taille. „Alles wird gut werden. Cali hat Recht."

„Gruppenumarmung." Shar warf ihre Arme um sie alle herum. „Einer für alle und alle für einen. Wir sind bei dir, Schwesterchen. Und ganz egal, ob du Kinder kriegen kannst oder nicht, jeder Mann, der das Glück hat, dich als Frau zu bekommen, ist der glücklichste Mann auf Erden. Und vergiss das nicht."

Dann weinte Jillian. „Ich liebe euch drei. Ihr seid die besten Schwestern überhaupt." Und das stimmte. Irgendwie hatte sie vergessen, dass sie auf dieser Reise nicht allein war.

„Ja, ich werde bereit sein. Klingt lustig." Ryan hielt das Telefon zwischen seiner Schulter und seinem

Kinn, während er ein Kajak auf ein mehrstufiges Regal hob. Es war Zeit, zu schließen, und er war bereit für eine Joggingrunde. Mehr als bereit.

Levi lachte am anderen Ende der Leitung. „Wenn wir fertig sind, wirst du es wahrscheinlich nicht mehr für lustig halten. Bist du sicher, du bist wieder fit genug für die Herausforderung?"

„Noch mal – ich sagte, ich wäre bei dem Hindernislauf zu Thanksgiving dabei. Versuchst du mir das auszureden? Fängst du an, zu denken, dass wir verlieren werden?" Er hoffte nicht, denn Ryan freute sich auf den Wettbewerb.

„Natürlich nicht. Ich gehe nur sicher, dass du dem gewachsen bist. Das wird wie in alten Zeiten werden", sagte Levi. „Wir hören uns später."

Ryan drückte „Auflegen" auf seinem Telefon, schloss dann das Geschäft fertig ab und war auf dem Weg nach Hause zum Haus seines Vaters, um sich vor dem Joggen umzuziehen. Seine Hüfte war besser, aber er musste sie aufgelockert halten. Er hatte Glück gehabt, dass die Kugel nicht seine Hüfte zerschmettert oder eine große Arterie getroffen hatte, als seine

Tarnung aufgeflogen war.

Er war bereit, loszufahren. Musste hier raus. Alle, die heute gekommen waren, waren Pärchen gewesen, denen man die Liebe am ganzen Körper angesehen hatte. Sie schienen nicht in der Lage gewesen zu sein, ihre Lippen voneinander fernzuhalten und ihre Liebe aufleuchten zu lassen – und er war ganz vorn und mittendrin dabei gewesen, um es sich anzusehen, wobei ihm Jillian durch den Kopf ging.

Er musste rennen. Er musste etwas Dampf ablassen.

Was er wollte, war Jillian zu sehen. Doch das war eine schlechte Idee, daher brauchte er einen schönen, langen Lauf am Strand.

Seitdem er sie beobachtet hatte, wie sie von ihm weggefahren war, nachdem sie sich die Eiscreme geteilt hatten, war er so gewesen und es war nur noch schlimmer geworden.

Dreißig Minuten später joggte er den Strand entlang, als er eine große Menschenmenge bemerkte. Neugierig lief er in deren Richtung. Als er den Rand der Menge erreichte, entdeckte er den Rettungswagen des Krankenhauses für Meeresschildkröten und Shars vertrauten dunkelhaarigen Kopf in der Mitte, nahe der Wasserkante. Auch Gage war dort zusammen mit mehreren Leuten, die T-Shirts mit dem Logo des Schildkrötenkrankenhauses trugen. Er ging näher heran, als er Jillian bemerkte. Sein Herzschlag beschleunigte sich um einige Gänge und der Tag schien plötzlich bei ihrem bloßen Anblick freundlicher zu sein. Sie war wie ein Sonnenstrahl… und er konnte nicht anders als sich zu ihr hingezogen zu fühlen.

Er suchte sich einen Weg durch die Menge, bis er neben ihr stand. „Was ist los?"

„Ryan", sagte sie offensichtlich überrascht, ihn dort zu sehen. Ihre großen, grünen Augen waren geweitet vor Begeisterung. „Heute ist Tag der Freisetzung. Die Meeresschildkröte, die sie vor einigen Monaten hier gerettet haben, wird heute zurück ins Meer entlassen. Er war in schlechter Verfassung, als sie ihn gerettet haben und sie hätten wirklich nicht damit gerechnet, ihn wieder freilassen zu können. Aber er macht sich prächtig und darf zurück nach Hause. Willst du helfen? Ich soll hier stehen."

„Klar", stimmte er zu und realisiert, dass sie auch hätte fragen können, ob er über heiße Kohlen laufen wollte, und er hätte zugestimmt.

„Er wurde hier in der Bucht, in der Nähe des Resorts gerettet." Sie führte ihn durch die Menge. „Und sie versuchen sie immer in der Nähe freizusetzen, wo sie sie gefunden haben. Es ist so wundervoll, wenn sie nach Hause zurück ins Meer, das sie lieben, gehen können."

„Es ist lange her, dass ich bei sowas dabei war." Er lächelte. Ihm gefiel die Arbeit, die das Krankenhaus für die Meeresschildkröten in dieser Gegend leistete. „Ich erinnere mich noch daran, wie verrückt Shar vor all diesen Jahren danach war, den Meeresschildkröten zu helfen. Sieht so aus, als hätte sie ihre Arbeit fortgesetzt."

„Oh ja, sie ist von der Aufgabe getrieben." Jillian lächelte. „Hey Superwoman", rief sie und winkte Shar.

„Hey, kommt und helft uns." Shar winkte von wo sie, Gage und zwei andere Männer die Ränder eines riesigen Containers hielten, in dem eine Meeresschildkröte von ordentlicher Größe saß.

Er folgte Jillian. Sie grüßte jeden und ergriff den Rand des Containers. „John, Alex – das ist Ryan", sagte sie als kurze Vorstellung zu den beiden Männern, die er nicht kannte.

Sie tauschten kurze Begrüßungen aus. Gage lächelte. „Hey, schön, dich zu sehen. Das ist gefährlich. Du könntest angefixt werden, wie ich."

„Vielleicht", sagte er.

„Lasst uns loslegen", instruierte Shar und dann liefen sie los.

Sie trugen die offene Wanne gemeinsam zum Wasser und gingen in die brusthohe Brandung. Es war schwer und die Schildkröte war nicht die größte, die er jemals gesehen hatte, aber ein Leichtgewicht war sie auch nicht. Jillians Hände rutschen ab, als sie in die Brandung stolperte. Er hielt die Wanne mit einer Hand fest, um ihre Lücke zu füllen, und streckt eine Hand aus, um sie festzuhalten. „Alles okay?"

Sie wurden alle mit Wasser bespritzt und sie lachte, als sie die Wanne wieder ergriff. „Ja, bin okay. Danke für die Rettung. Ich wäre fast mit der Schildkröte geschwommen."

„Jederzeit." Er grinste sie an und ihm gefiel die Freude, die in ihren Augen funkelte. Ihm wurde klar, dass davon etwas fehlte, als sie miteinander gesprochen hatten, und er fragte sich, ob er der Grund dafür gewesen war.

„Okay, hier ist gut", schrie Shar. „Okay, Raymond, wir alle lieben dich, aber jetzt musst du wieder zu deiner Familie gehen. Auf drei", rief sie und schaute zur Menge. „Lasst uns mit dem Countdown beginnen", brüllte sie zu der Frau am Strand, die die Nachricht ausrichtete, während Shar eine Hand mit ausgestrecktem Zeigefinger hochhielt. „Eins", rief sie und die Menge wiederholte sie. „Zwei! Drei!" Und während alle die Zahl schrien, hoben sie die Wanne und die Meeresschildkröte glitt ins Wasser.

Beifall kam in der Menge auf, als die Schildkröte herausschwamm und sich dann aufrichtete und in der Brandung zu spielen schien als würde sie die Aufmerksamkeit genießen, und dann tauchte sie ab und verschwand. Shar drehte sich zu den anderen um; Euphorie erhellte ihr Gesicht. Jillian gab ihr ein High Five, blickte dann zu ihm auf und auch in ihrem

Gesichtsausdruck war Euphorie.

„Ich bekomme jedes Mal Gänsehaut, wenn wir das tun. Ich hoffe nur, er lebt sicher und glücklich."

„Ich auch." Er hielt sanft ihren Arm, um sie zu halten, während sie zurück an die Küste stapften.

„Oh." Sie keuchte und schaute zu seinen nassen Laufschuhen hinunter. „Du warst gar nicht barfuß. Ich weiß nicht, was ich mir gedacht habe." Sie war aus ihren Flipflops getreten, bevor sie ins Wasser gegangen war.

„Ist in Ordnung. Sie werden gewaschen. Ich hätte das auf gar keinen Fall verpassen wollen."

„Danke, Kumpel", sagte Gage, als er vorbeiging. „Ich bin froh, dass du helfen konntest."

„Jederzeit", sagte Ryan, während er und Jillian zur Seite gingen, damit der Rettungswagen alles zusammenpacken und losfahren konnte.

„Wir sprechen und später, Shar", rief Jillian und ging mit ihm aus dem Weg.

Shar winkte Jillian zu. „Ja, wage es nicht, mich nicht anzurufen, okay?"

Er sah wie Jillian leicht errötete und sie antwortete

nicht, während sie ihre Sandalen nahm und begann zu gehen. Seine Neugier war gepackt und er lief neben ihr. „Ich werde meine Schuhe ausziehen. Könntest du eine Minute warten?"

„Klar." Sie blieb stehen und beobachtete, wie er sich nach unten beugte, seine Schnürsenkel löste und die jetzt mit Sand überzogenen Schuhe und Socken auszog. „Guter, alter Sand." Sie lachte.

„Ja, warte kurz." Er nahm die Schuhe in die Hand und joggte zum Wasser, um sie unterzutauchen, dann joggte er zurück und stopfte die Socken in die Schuhe. „Okay, fertig." Sie gingen ein kurzes Stück, bevor jemand etwas sagte. In ihrer Gegenwart empfand er Frieden.

„Das war großartig", sagte er, denn das war es und plötzlich hatte er Schwierigkeiten, etwas zu sagen zu finden.

„Ja, immer." Stolz funkelte in Jillians Augen und für Ryan war klar, dass das, was sie sagte, stimmte.

„Shar ist toll."

„Ja. Sie hat Cali und mir im Resort geholfen und sich praktisch selbst fertiggemacht – früh morgens aufstehen, um an den Stränden langzulaufen und nach verletzten Schildkröten Ausschau zu halten. Während der Eierlegezeit lief sie alle Strände abwechselnd ab, um nach gefährdeten Eiern zu suchen und den Papierkram dafür auszufüllen, wenn sie ein Nest fand. Und dann kam sie zur Arbeit, um mit uns zu arbeiten… das war zu viel."

„So klingt es."

„Uns im Resort in der PR-Sparte zu helfen, waren nicht gerade ihre erfreulichsten Momente. Sie war besser darin als sie dachte, aber ihr Ding ist es, Meeresschildkröten zu retten – Hochzeiten zu organisieren, nicht so sehr. Also kam Olivia in die Gruppe und erlöste sie." Sie grinste.

„Darin steckt definitiv ihr Herzblut. Aber du liebst, was du tust, daher suchst du nicht nach einem Weg, wegzukommen."

„Oh, ich liebe es. Ich werde nicht gehen."

„Das dachte ich mir. Ich bin seit meiner Rückkehr nicht im Resort gewesen, aber ich bin vorbeigefahren und es sieht großartig aus. Die Landschaftsgestaltung ist im Außenbereich fantastisch und wie ich höre, ist es im Inneren dank dir sogar noch besser. Außerdem bin ich mir sicher, dass du eine wunderbare Gastgeberin bist. Ich erinnere mich daran, als deine Mom und dein Dad immer diese Partys für Gäste des Resorts veranstaltet haben und jeden, der kommen wollte, eingeladen haben. Und sie haben es geliebt. So schätze ich dich auch ein."

„Danke. Sie hatten so eine Art mit Leuten und haben sie noch immer. Wir versuchen, das Erbe, das sie im Resort errichtet haben, fortzuführen. Wir modernisieren es, weil es eine Auffrischung braucht und wir müssen das machen, um für kleine Konferenzen, Hochzeiten, Familienfeier und solche Dinge attraktiv zu sein. Aber insgesamt zielen wir darauf ab, dasselbe Gefühl, das Mom und Dad immer hergestellt haben, beizubehalten."

„Ich würde denke, dass diese Wandmalerei ein hervorragender Anziehungsmagnet ist." Er nickte in Richtung der Wandmalerei vor ihnen. Sie blieben stehen und betrachteten es.

„Für dieses Meisterwerk ist Grant über seine Pflicht hinausgegangen."

Ryan studierte die schillernd farbigen Korallenriffe, die Grant gemalt hat, und die Fische und Delfine, die im Zentrum des vierstöckigen Kunstwerkes standen. „Jax ist sehr stolz auf die Arbeit, die er hierbei leisten konnte."

„Das sollte er sein. Er ist talentiert. Hast du etwas von ihm gehört, seitdem sie weg sind?"

„Ein paar Mal, aber er sagt, sie halten einen ziemlich strickten Zeitplan ein, wenn sie kreativ arbeiten."

„Ja, das tun sie. Das hier wurde in weniger als einer Woche fertiggestellt, sobald er mit dem eigentlichen Malen angefangen hatte. Es scheint, der zeitaufwändigere Teil besteht darin, dass Grant ein Gefühl für die Umgebung bekommt und sich entscheidet, was besonders ist und was er deswegen malen will."

Sie standen nahe beieinander und Ryan hatte den Drang, einen Arm und ihre Schultern zu legen und sie für eine Umarmung zu sich zu ziehen. *Für einen Kuss.* Er versuchte, seine Vorstellungskraft nicht dorthin abschweifen zu lassen. „Du hast viel zu tun. Wann passen bei dir Verabredungen in den Zeitplan?“

„Oh, stimmt… ähm. Hier und da.“

Lag es nur an ihm oder wich sie aus? Seine Brust verengte sich bei dem Gedanken, dass sie nicht allzu festgelegt klang. „Also dein Freund – ihm macht es nichts aus, nur hier und da auszugehen?“

Ihre langen Wimpern berührten fast ihre Augenbrauen, als sich ihre Augen weiteten. „Ähm, nein.“

Jillian Sinclair konnte kein Pokerface aufsetzen, wenn sie es wollte. Ihr ging etwas durch den Kopf. *Aber was? Warum wich sie ihm dabei aus?*

„Lass uns nur mal aus Prinzip sagen, dass ich mit dir zusammen wäre“, sagte er. Ihr Gesichtsausdruck war zögernd, als er seine Hand hob und eine lose Strähne ihres dicken Haares zwischen seine Fingerspitzen nahm. Es war so weich und geschmeidig wie es aussah. Sie schluckte schwer genug, dass sich ihre winzigen Kiefer anspannten. Er hielt ihrem Blick mit Augen voll ernsthafter Aufrichtigkeit stand. „Hier und dort mit dir auszugehen, würde es für mich nicht bringen.“

Ihre Lippen teilten sich und ein leises „Oh" entfuhr ihr, während ihr Halt im Sand wegrutschte.

Sie war so liebenswürdig. Er konnte nicht anders, als er sich nach vorn lehnte, sodass ihre Gesichter einander sehr nahe waren. „Ich würde jeden Moment, den du mich lässt, an deiner Seite sein wollen."

„Oh", sagte sie erneut. Ihre Atemzüge waren kleine Windstöße gegen seine Lippen.

„So wahr", murmelte er, während sich die Welt um ihn herum zu drehen schien. Ryan lehnte sich weiter nach vorn und bedeckte ihre Lippen mit seinen.

In dem Moment, in dem ihre weichen Lippen auf seine trafen, blieb die Welt stehen. Ihre Hand legte sich sanft auf seine Wange; ihre zitternden Fingerspitzen waren auf seiner Haut leicht wie Schmetterlinge und ergriffen sofort sein Herz. Es schlug heftig und er fühlte sich als wäre er im Himmel.

Plötzlich erstarrte Jillian und zog sich zurück. „Oh", keuchte sie, wobei ihr Gesichtsausdruck erschrocken aussah. „Ich muss gehen." Sie stolperte praktisch über den Sand, während sie sich von ihm wegbewegte.

Ryan war selbst erschrocken, sah ihr nach, als sie wegging, und kämpfte gegen das Bedürfnis an, ihr nachzulaufen.

Er hatte sie nicht küssen wollen. Hatte diese Linie nicht übertreten wollen. Aber er hatte es getan und jetzt wusste er ohne Zweifel, dass er in Schwierigkeiten steckte.

Große Schwierigkeiten, denn das war nicht nur ein Kuss gewesen...

KAPITEL SECHS

Er hatte sie geküsst.
Und sie hatte ihn zurückgeküsst.

Jillian blieb nicht stehen, während sie vom Strand auf das Gelände des Windswept Bay Resorts eilte. Sie ging weiter am Pool mit einem weiteren wunderschönen Wandgemälde, das Grant angefertigt hatte, vorbei. Sie warf nicht einmal einen flüchtigen Blick auf das wundervolle Bild, während ihre Gedanken von dem, was passiert war, herumwirbelten.

Sie überquerte die kleine, weiße Brücke über der Schwanenlagune und ging in Richtung der Treppe am

Hintereingang, die hoch ins Büro führte. Sie musste ihre Autoschlüssel holen, bevor sie wegfahren und allein sein konnte, daher hoffte sie, dass sie ihren Schwestern nicht über den Weg laufen würde.

Sie schaffte es ins Büro und war erleichtert, dass es leer war. Ihr Herz schlug unregelmäßig; ihre Hände zitterten, als sie ihre Tasche nahm und darin nach ihren Schlüssen suchte, dann ging sie zu den Treppen.

Sie war auf halbem Weg durch die Lobby, ging auf den Gang zu, der sie zum Parkplatz an der Seite und ihrem Auto führen würde, als sie ihren Namen hörte.

„Jillian, warum die Eile?"

Sie blieb stehen und drehte sich um, wo Horace Finley stand, der Hausmeister, der sie mit Sorge im Gesicht ansah. Abe stand neben ihm.

„Geht es dir gut?", fragte Abe.

„Denn du siehst nicht so gut aus", kommentierte Horace, während er sie unter buschigen Augenbrauen fest anblickte. Horace hatte schon im Resort gearbeitet, bevor sie geboren wurde – wahrscheinlich seit Anbeginn der Zeit. Er war wundervoll, kompetent und kümmerte sich um die Anlage. Er war auch direkt.

„Mir geht's gut", log sie.

„Süße, du siehst aus als hättest du gerade einen Geist gesehen." Er kratzte sich am Kopf.

Abe trat nach vorn. „Kann ich dir helfen?"

Horace schaute von Abe zu ihr und nickte dann kurz. „Ich denke, ich werde euch das regeln lassen. Falls du irgendetwas brauchst, junge Damen, dann lass es mich einfach wissen und ich werde mich darum kümmern, okay? Jetzt mach ich mich besser nach Hause zu Mrs. Finley. Ich denke, sie hat mein Abendessen fertig."

Zumindest hatte er sie nicht bedrängt. Abe zeigte auf der anderen Seite weniger die Neigung, ihren verstörten Gesichtsausdruck zu ignorieren und sie weggehen zu lassen. Horace tat es wahrscheinlich nur, weil er wusste, dass Abe ziemlich fähig war, ihr zu helfen.

„Mir geht es gut, Abe. Ich muss nur los." Sie lief den Gang entlang und Abe lief neben ihr. Er war breitschultrig, kompetent und jemand, bei dem sie das Gefühl hatte, er konnte alles regeln. Warum es zwischen ihnen keine Funken gab, wusste nur der liebe Gott. Und nach dem, was sie gerade mit Ryan erlebt hatte, fragte sie sich, ob sie sich jemals auf irgendetwas Geringeres als eine überwältigende Menge an Schmetterlingen einlassen konnte.

Denn da waren verrückte, wilde, überwältigende Schmetterlinge gewesen.

Und er hatte ihre ganze Welt einfach mit einem vorsichtigen, zärtlichen Kuss durcheinandergebracht. Es war so süß gewesen. Er hatte ihr den Atem geraubt und sie konnte ihre Stimme noch immer nicht wiederfinden.

Als sie das Ende des Ganges erreicht hatten, drückte Abe die Tür auf und hielt sie für sie offen. Sie ging an ihm und der Tür vorbei und streifte seinen Arm, als sie sich an ihm vorbei ins Sonnenlicht bewegte. Seine Nähe hatte kein Flattern von irgendetwas zur Folge. Nicht so bei Ryan. In dem Moment, in dem sie sich umgedreht hatte und er neben ihr gewesen war, hatte sich alles, was flattern konnte, in Bewegung gesetzt.

Und das war *vor* seinem Kuss gewesen. Sie sah zu

Abe auf.

Er lächelte sanftmütig. „Du siehst wirklich mitgenommen aus, siehst seit Tagen durcheinander aus und hast dich auch so verhalten. Zumindest immer, wenn ich in deiner Nähe war. Kann ich dir helfen? Willst du irgendwohin gehen und reden?“

„Ja, könnten wir?“ Sie schob Sachen auf; das wusste sie. Sie sollte nach Hause gehen. Aber Abe hatte sich ihr angeboten und er konnte ihr Weg in die Zukunft sein, die sie wollte – oder auf die sie sich einlassen würde. *Oh, was für ein schrecklich klingender, verzweifelter Gedanke.*

„Mein Truck ist hier drüben.“ Seine tiefe Stimme brummte sanft, während er sich leicht zur Seite lehnte und über ihre Schulter zu dem großen Teamtransporter am Rand des Parkplatzes zeigte. Sie nickte, ließ ihn vorangehen und die Beifahrertür für sie öffnen.

Jillian war dabei einzusteigen, als Grace, die das Resort für sie managte, ein paar Parklücken weiter aus ihrem Auto stieg.

„Hi.“ Sie lächelte Jillian an und dann hob sie ihren Blick zu Abe. Jillian sah Graces Augen aufleuchten.

„Hallo Abe", sagte sie und blickte dann von Abe zu ihr. „Geht ihr aus?"

Jillian konnte sich täuschen, aber sie war der Meinung, Spannung in Graces Frage zu hören.

„Wir gehen was trinken." Abe lächelte Grace an.

Jillian fand, dass seine Stimme weicher wurde. „Um zu reden", fügte Jillian schnell hinzu. „Arbeitest du heute Abend?"

Grace nickte, während sie ihre Tasche auf ihre Schulter zog und sich ihre Hand um den Riemen der Tasche legte. „Tue ich. Ich musste Donovan heute zum Arzt bringen, daher habe ich zur Spätschicht getauscht."

Abe neigte den Kopf. „Donovan?"

Grace strahlte. „Ja, mein Sohn. Er ist fünf."

„Und hinreißend", ergänzte Jillian. „Und cleverer als jeder Fünfjährige, den ich je getroffen habe – vielleicht als jeder Fünfjährige."

„Bei ihm alles okay?", fragte Abe und Grace nickte.

„Ja, ist es. Er hat eine Erkältung. Er war entrüstet, weil ihm der Arzt keinerlei Medizin gegeben hat, um ihm zu helfen.“

Abe lachte. „Meine Tochter wäre begeistert gewesen.“

Graces Augen erhellten sich. „Ich wusste nicht, dass du auch ein Kind hast.“

Jillian beobachtete sie und fragte sich, warum die beiden nicht miteinander ausgingen. Dort schien etwas zwischen ihnen vor sich zu gehen.

„Ja, meine Frau ist vor ein paar Jahren gestorben. Das hat sie sehr mitgenommen, aber es fängt an, ihr besser zu gehen.“

„Es tut mir so leid wegen deiner Frau“, sagte Grace. „Es ist schwer, ein Kind allein großzuziehen. Donovan vermisst seinen Vater. Er hat uns vor zwei Jahren sitzen gelassen und das nimmt ihn noch immer mit. Momentan denkt Donovan, er wäre klüger als ich. Egal, ich muss zur Arbeit und lass euch beiden fahren. Sorry.“

Jillian war sich sicher, dass Grace genau wusste, wie sich Schmetterlinge und sprunghafte Herzschläge anfühlten und sie sie hatte, während sie mit Gage sprach.

„Kein Problem", versicherte ihr Jillian und fühlte sich wie das fünfte Rad.

„Falls du mal mit irgendetwas Hilfe brauchst, lass es mich wissen. Vielleicht würde er gern mal einen Tag mit auf Arbeit kommen?"

„Oh", sagte Grace vorsichtig. „Das ist ein nettes Angebot. Ich behalte es im Hinterkopf. Jetzt muss ich zur Arbeit. Habt eine schöne Zeit ihr beiden." Und dann eilte sie zum Seiteneingang und war verschwunden.

Abe beobachtete, wie sie wegging. Jillian studierte sein Profil und fragte sich, ob er sich womöglich wünschte, er würde Grace in seinem Truck beistehen anstatt ihr. Der Gedanke störte sie überhaupt nicht.

„Okay, ich schätze, wir sind fertig." Er drehte sich zurück zu ihr, um zu sehen, dass sie bereits angeschnallt auf ihrem Sitz saß.

Jillian kicherte und fühlte sich plötzlich unbeschwert. „Ich denke, das sind wir", sagte sie.

Wenig später waren sie in einer kleinen Freiluftbar, die alle möglichen tropischen Drinks –

sowohl alkoholische als auch nicht-alkoholische – in einer wunderschönen Umgebung servierte. Sie schnappten sich einen Tisch unter einem strohgedeckten Schirm. Jillian bestellte ein Glas Erdbeerlimonade. Seit ihrem Abschlussball hatte sie nicht einen Schluck Alkohol mehr getrunken.

Während Abe dasselbe bestellte, wanderten ihre Gedanken zur Nacht ihres Abschlussballs. Die demütigendste Nacht ihres Lebens. Als sie die Grenzen ausgetestet und zum ersten Mal in ihrem Leben ein paar Drinks gehabt hatte und darauf dann überwältigend stark reagiert hatte. Sie war angetrunkener gewesen als sie geglaubt hatte, daher waren ihre Hemmungen, als sie von ihrem Helden, Ryan, vor ihrem betrunkenen Abschlussballpartner gerettet worden war, verflogen gewesen.

Sie hatte all ihre geheimen Hoffnungen und Träume auf ihn losgelassen, inklusive der Tatsache, dass sie ihn liebte… und dass sie Kinder mit ihm haben wollte.

„Erde an Jillian", sagte Abe von der anderen Seite

des Tisches.

„Tut mir leid. Mir geht eine Menge durch den Kopf."

„So scheint es." Er umschloss eine Hand auf dem Tisch mit der anderen, genauso wie sie es getan hatte.

„Abe." Sie seufzte. „Du hast keine Ahnung."

„Ich hoffe, dass du in mir einen Freund siehst. Denn ich sehe in dir eine Freundin." Er streckte seinen Arm über den Tisch, nahm ihre Hand und drückte sie sanft. Sein Blick traf ihren. Dort waren keine Funken, keine fliegenden Schmetterlinge – nichts außer dem Trost seiner starken Hand auf ihrer.

„Ich sehe in dir einen Freund, aber ich muss dir etwas sagen. Ich kann nicht länger mit dir ausgehen. Ich hoffe, das verletzt dich nicht."

Er nahm die Neuigkeiten mit einem gedankenvollen Blick auf. „Ich habe gespürt, dass du so fühlst", sagte er. „Du und ich wissen beide, dass da zwischen uns keine Chemie ist. Du verdienst mehr als das und ich kann dir sagen, dass ich keine Feuerwerke und Explosionen empfinde, wenn ich deine Hand halte."

„Du bist ein wundervoller Mann."

„Auch das hoffe ich. Meine Mama würde sich freuen, zu wissen, dass du so denkst. Aber du und ich wir wissen beide, dass du es verdienst, einen wundervollen Mann zu heiraten, der dich verrückt vor Liebe macht. Du musst dich nicht für weniger als das entscheiden. Das ist, was ich für meine Frau empfunden habe, und das erneut zu finden, ist womöglich mehr als ich jemals wieder finden werde. Aber hier geht es um dich. Falls mir zu sagen, dass du mich freigibst, das war, weswegen du so verkrampft und angespannt warst, dann bin ich froh, dass wir das vom Tisch geräumt haben." Er lehnte sich zurück, als ihre Limonaden gebracht wurden, und dankte der Kellnerin.

Als sie wieder allein waren, nippte Jillian an ihrem Getränk, bevor sie sprach. „Du bist ein sehr kluger Mann, Abe."

Wie sich herausstellte, als Abe sie am Resort herausließ, damit sie ihr Auto holen konnte, hatte sie ansonsten nichts weiter Persönliches mit ihm geteilt. Sie waren Freunde, aber nicht mehr daraus zu machen, war eine Erleichterung für sie gewesen. Sie wusste, dass auch er es mit einer anderen Frau versuchen sollte, als sie ihn mit Grace hatte reden sehen. Sie war bei dem bloßen Gedanken daran, sich mit ihm niederzulassen, nicht fair gewesen. Er verdiente mehr als das.

Genauso wie sie… aber das war ihr Problem.

KAPITEL SIEBEN

Zwei Tage nachdem sie von Ryan geküsst worden war und jegliche romantische Bande zu Abe durchtrennt hatte, befand sich Jillian noch immer in einem Zustand der Unruhe mit ihrem Leben, aber sie war erleichtert, dass sie und Abe miteinander gesprochen hatten. Und sie hatte sich gefreut, als sie ihn und Grace in der Lobby miteinander reden sah. Sie wären womöglich ein tolles Paar… das hoffte sie.

Heute trug sie ein Kleid und Sandalen, da sie drei kleine Hochzeiten im Resort hatten. Sie hatte die Blumenbeete gerade rechtzeitig fertiggestellt. Ihr Job für heute bestand darin, die intime Hochzeit in dem abgelegenen Springbrunnenbereich zu überwachen. Cali hatte die größere am Strand übernommen und Olivia die im Festsaal. Nach der Hochzeit ging Jillian zurück in Richtung Büro und war überrascht, als sie Ryan über den Hof auf sie zukommen sah. Ihr Herz setzte einen Schlag aus und ihr Tag erhellte sich sofort. Er trug eine Shorts, ein T-Shirt zum Surfen und Segelschuhe; seine braunen Augen wärmten ihr Herz, als sie in ihre blickten. Sie hatte ihn seit seinem Kuss nicht gesehen und es war unnütz zu leugnen, dass sie ihn nicht vermisst hatte. Das hatte sie.

Sie hatte nicht aufhören können, an ihn zu denken.

„Hi", sagte er. „Ich musste dich sehen. Ich habe mich gefragt, ob ich dich für eine Weile von hier entführen könnte."

Sie konnte sich nicht davon abhalten und nickte. „Das wäre tatsächlich schön."

Er grinste. „Das ist mein Glückstag."

„Gib mir eine Minute." Sie zog ihr Telefon hervor und schrieb Cali, dass die Hochzeit gut verlaufen war und sie für heute Schluss machte. Sie erinnerte sich selbst daran, dass sie leichtsinnig war und es bereuen würde. Sie musste mit Bedacht auftreten. Doch sie befand, dass sie im Moment nichts anderes wollte, als ein paar Augenblicke mit Ryan zu verbringen. Das wäre in Ordnung.

Innerhalb von Minuten folgte sie ihm zum Parkplatz und zu seinem Truck. Er hielt ihr die Tür auf.

„Dein Streitwagen erwartet dich." Sie bewegte sich an ihm vorbei, er half ihr in den Sitz und lehnte sich nahe zu ihr. „Wenn ich nicht Angst hätte, dich abzuschrecken, würde ich dich jetzt küssen."

Schmetterlinge, Schmetterlinge, Schmetterlinge.

Sie musste bei seinen Worten überrascht ausgesehen haben, denn er lächelte, trat dann zurück und schloss die Tür. Ich Mund wurde trocken, während er um den Truck zu seiner Seite ging und hinter das Lenkrad rutschte. Sie spielte mit dem Feuer und das wusste sie. Oder handelte sie einfach aus dem Bauch heraus? Etwas, das man kaum als Jillians Eigenschaft beschreiben würde. *Zu spät, um einen Rückzieher zu machen.*

Er war schnell im Truck und sie waren auf ihrem Weg.

„Ich hoffe, das wird keine Probleme zwischen dir und deinem Freund verursachen." Er warf ihr einen flüchtigen Blick zu. „Ich habe dich geküsst und ich würde das nicht tun wollen, wenn es dir mit jemandem ernst ist. Ich habe das Gefühl, dir ist es nicht ernst. Falls ich falsch liege, lass es mich wissen und ich halte mich zurück."

Bei seinen Worten lief ein Schaudern durch sie hindurch. „Nein, es gibt keinen Freund."

„Die Männer auf Windswept Bay müssen blind sein. Das ist alles, was ich sagen kann."

Sie lachte. „Du bist furchtbar." *Wie würde ein Leben mit Ryan aussehen?* Die Frage erfüllte ihre Gedanken, kitzelte ihr Inneres und zog den Knoten der Anspannung in ihr fester zusammen.

„Nein – von meiner Perspektive aus ehrlich."

Sie wusste nicht, was sie dazu sagen sollte. Er fuhr durch die Straßen, bog auf den Parkplatz von Lagoon Adventures ein und schaltete den Truck aus. Sie wusste, dass sie durch gefährliches Wasser ging. Sie sollte ihm jetzt sagen, dass es Gründe gab, warum er womöglich nichts mit ihr anfangen wollte. Sie musste es ihm sagen.

Er drehte sich im Sitz um und stütze seinen Arm auf ihre Lehne; er spielte mit einer Strähne ihres Haares. „Ich respektiere dich, Jillian. Ich habe die letzten zwei Nächte nicht geschlafen und an dich gedacht. Ich kriege dich nicht aus meinem Kopf. Ich denke, du musst wissen, dass mein Leben momentan in der Schwebe hängt und ich fühle, dass ich kein Recht habe, Zeit mit dir verbringen zu wollen."

Ihr Mund war trocken. „Ich bin hier und fühle mich ein wenig überwältigt", sagte sie vorsichtig. Aber ich kann nicht, nicht hier sein."

Er lächelte. „Das wollte ich hören. Jetzt würde ich dich gern auf eine Fahrt die Lagune entlang mitnehmen. Ich verbringe den ganzen Tag damit, Paare dabei zu beobachten, wie sie diesen wunderschönen Ort genießen, und es macht mich wahnsinnig. Ich muss dich mitnehmen, um dir die Wasserfälle zu zeigen."

„Das würde mir gefallen." Sie würde sich auf diesen Moment einlassen und es genießen, Zeit mit

Ryan zu verbringen. *Und dann würde sie es ihm erzählen.*

Dieses Mantra wiederholte sie Augenblicke später, als er sie zur hinteren Terrasse führte, wo sich die Kajaks befanden. Ein sehr kleines Flachbodenboot aus Metall mit einem Motor war an dem Dock vertäut.

„Es wird bald dunkel werden, daher dachte ich, wir nehmen das Boot zum Wasserfall. So geht es etwas schneller. Es ist nach Feierabend, daher sollten wir dort hinkommen, bevor es zu dunkel wird."

„Großartig. Ich war seit der High School nicht mehr in der Lagune gewesen. Ich erinnere mich daran, wie ein paar Freundinnen und ich uns gefreut hatten, als eine Seekuh uns auf dem Weg gefolgt war."

„Seekühe mögen die Lagune. Sie sind hier, daher wirst du wahrscheinlich wieder eine sehen. Die Leute lieben es, sie zu sehen."

Er hielt ihr eine Schwimmweste hin, damit sie mit ihren Armen hineinschlüpfen konnte. „Safety first", sagte er. Sie glitt mit ihren Armen hinein und er schnallte die Weste für sie fest, was ihn nahe bei ihr stehen ließ. Jillian musterte ihn, während er die

Sicherheitsschnallen zusammenklickte. Er lächelte, während er das tat, und für einen Augenblick dachte sie, er würde sie küssen. Aber dann zog er seine eigene Weste an, ging zu dem Boot und hielt ihr eine Hand hin.

„Bereit?", fragte er.

Das war eine bedeutungsschwere Frage. Jillian war sowas von bereit.

Sie fuhren die Lagune entlang, wobei das gesprenkelte Sonnenlicht durch die Baumkronen über ihnen hindurchfiel. Die ruhige Lagune führte am Ende nach draußen auf's Meer, doch der kleine Wasserfall auf etwa halber Strecke war ein beliebter Teil der Fahrt. Das kleine Motorboot verkürzte die Fahrt, aber sie sahen eine riesige Seekuh schwerfällig den Kanal entlangschwimmen. „Wir nutzen an dem Boot einen Trolling Motor, weswegen wir keines der wilden Tiere hier verletzten können. Die Meeresschildkröten und Seekühe könnte wirklich in Gefahr sein, wenn ich in dieser Gegen mit einem großen Motorboot auf und ab rasen würde und keine Zeit hätte, ihnen auszuweichen."

„Das ist perfekt, immerhin kommst du schneller hierher, falls du jemandem helfen musst, und die Tiere sind auch geschützt. Oh, wunderschön." Sie rang nach Luft, als sie um die Kurve fuhren und sie den Wasserfall sah. In dieser Gegend gab es viele Wasserfälle, vor allem weil Windswept Bay im Gegensatz zu flacherem Land direkt entlang der Küstenlinie tatsächlich eine Insel war und Hügel und höhere Gipfel hatte; anders als andere Orte entlang der Küste Floridas. Natürlich waren die Wasserfälle der Insel nichts im Vergleich zu größeren tropischen Inseln in anderen Gegenden. Aber dennoch waren sie wunderschön.

„Das finde ich auch. Ich bin froh, dass du mitgekommen bist", sagte Ryan.

„Ich auch."

Sie waren friedlich, doch vor allem fügten sie der Insel eine sehr romantische Kulisse hinzu. Und für die Touristen waren Picknicks ein häufiger und schöner Ausflug, um zu entspannen, oder für die Pärchen in den Flitterwochen, die auf ein paar besondere Erinnerungen aus waren, und für die Inselbewohner, die wertschätzten, was ihre Insel zu bieten hatte. Es war lange Zeit her, dass Jillian irgendetwas davon genossen hatte… vor allem mit einem Mann. Einem besonderen Mann.

Und er war besonders. Sie konnte nicht glauben, dass die letzte Woche sie dazu gebracht hatte, Zeit mit ihm zu verbringen. Sie hatte ihre eigenen Probleme, aber sie hatte auch ein starkes Gefühl, dass Ryan die Insel wahrscheinlich verlassen und in seinen Job zurückkehren würde, wie er es zuvor getan hatte.

„Du bist ganz schön still hier draußen." Ryan dockte das Boot an und vertäute es an dem kleinen Anleger.

„Ich habe mich gefragt, wie es dir geht, seitdem du von hier weggegangen bist. Ich weiß, dass du noch immer mit dem Verlust deiner Schwester zu kämpfen hast, und ich weiß, dass sich deine Lebensaufgabe darauf konzentriert, den Drogenhandel zu stoppen. Aber wie geht es dir?"

Er schaute nachdenklich, während er aus dem Boot auf den Anleger kletterte und ihr eine Hand entgegenstreckte.

„Ich bin okay. Gut. Meine Schwester hat nicht verdient, was ihr passiert ist. Sie hat ein paar falsche Entscheidungen getroffen, die viele Jugendliche mit unterschiedlichen Hintergründen treffen. Sie ist den Geiern zum Opfer gefallen. Ich bin besessen davon gewesen, denke ich, und ich konnte es nicht loslassen. Meine Arbeit war… in vielerlei Hinsicht einsam, isolierend, aber auch belohnend, wenn ich helfen konnte, die Gesellschaft von einem weiteren Verbrecher zu befreien.“

Jillian betrachtete ihn und sie fühlte mit ihm. Er hatte sich dafür entschieden, die Jahre in verdeckter Ermittlungsarbeit zu leben und das konnte nicht leicht gewesen sein.

Er griff nach dem Picknickkorb und ging dann den Weg voran zu einer Rasenfläche hinüber, die sie für Picknicks freigelegt hielten. Er breitete die Decke aus, die gleich mit in dem Korb war. Jillian setzte sich in die Mitte und verschränkte ihre Beine unter sich, während sie ihn beobachtete, wie er sich ebenfalls hinsetzte.

Es schien surreal, dass Dinge, die sie sich einst mit

ihm erträumt hatte, jetzt gerade passierten. Sie saß tatsächlich hier und würde gleich mit Ryan Locke picknicken. In ihrem Hals formte sich ein Kloß… diese Teenie-Träume wurden jetzt wahr, aber dieser Moment wurde von so viel mehr umgeben. „Wann ist es genug?" Die Frage kam aus heiterem Himmel und sie beobachtete das Spiel der Emotionen auf seinem Gesicht, die Verhärtung seines Blicks, während er wegschaute und das weit entfernte Bild studierte, das nur er in den Bäumen sehen konnte. *Warum hatte sie die Zeit nicht einfach genossen und ihn stattdessen bedrängt?*

„Ich weiß es nicht, Jillian. Ich weiß es nicht." Er blickte zu ihr zurück und lächelte traurig. „Ich bin hierher zurückgekommen, um Jax auszuhelfen, und ich weiß, dass ich diese Zeit brauchte. Mein Boss hat es verlangt. Ich war anfangs nicht glücklich darüber, aber jetzt wird mir klar, dass es notwendig war. Ich denke, ab einem gewissen Punkt, kannst du kampfesmüde werden. So lange im Feldeinsatz und du verlierst die Perspektive und meine Vorgesetzten befürchten, dass mir das passiert ist. Wenn ich zurückgehe, wartet auf mich womöglich nur ein Job am Schreibtisch. Sie haben mir tatsächlich gesagt, dass es für mich an der Zeit wäre, ein Leben zu finden. Perspektive zu kriegen.“

„Und was hältst du davon?“ Ihr Herz hatte Fahrt aufgenommen, während sie ihn beobachtete, ihm zuhörte und sich fragte, ob es eine Chance gab, dass er auf das hörte, was sie ihm gesagt hatten.

„Ich bin, wie ich sagte, an einem Scheideweg. Ich weiß nicht, was ich tun werde.“

Auch sie war an einem Scheideweg und wusste ebenfalls nicht, was sie tun würde.

Er zog ein paar Softdrinks aus dem Korb und gab ihr einen; es war ihre Lieblingssorte. Sie fragte sich, wie er sich an solch ein Detail erinnern konnte, wenn man bedachte, dass es Jahre her war, dass sie Familienfeiern gemeinsam verbracht hatten. Sie war ein Kind gewesen, aber er hatte sich Details wahrscheinlich schon immer gut merken können. Und das war bei seiner Arbeit als Undercover-Ermittler, oder wie auch immer er bezeichnet wurde, zum Tragen gekommen.

Er lächelte. „Jap, ich erinnere mich. Einmal bist du mit mir und Levi mitgekommen, um Lieferungen für deine Mom und deinen Dad abzuholen. Wir hatten eine Thanksgiving-Feier im Resort und ich erinnere mich daran, dass du sagtest, Dr. Pepper sei dein Lieblingsgetränk. Ich war unsicher, ob es das nach all diesen Jahren noch immer ist, aber ich habe es versucht."

Das beantwortete die Frage. Er *hatte* sich an dieses winzige Detail erinnert. „Du hast ein unglaubliches Gedächtnis."

„Ich werde dieses Jahr bei der Thanksgiving-Feier dabei sein. Ich nehme mit Levi am Wettbewerb teil. Wir werden gegen Trent und Jake antreten und ich glaube, Max und Cam werden auch teilnehmen."

Sie lachte. „Oh wow, das wird wie in alten Zeiten. Das wird lustig. Wir werden ein paar neue Hindernisse einbauen."

Er nahm einen Schluck von seiner Cola. „Ich bin gespannt, zu sehen, was ihr Mädels euch überlegt habt."

„Ich bezweifle, dass es, selbst wenn wir wirklich

wollten, irgendetwas gibt, womit wir euch Jungs wirklich überraschen könnten.“

Sie wurde wieder ernst. „Du weißt, dass sich deine Schwester wünschen würde, dass du ein erfülltes Leben führst. Mir gefällt es nicht, dass du im Grunde genommen aus dem Leben, in dem du so engagiert bist, heraus gezwungen wirst. Aber ich frage mich, warum sie das tun. Sind manche Leute nicht noch länger undercover?“

„Sind sie. Ich bin aus medizinischen Gründen freigestellt. Ich weiß nicht, ob du das wusstest. Ich habe mir eine Kugel eingefangen, als meine Tarnung aufgeflogen ist, und davon sind ein paar Probleme zurückgeblieben. Ich hatte außerdem ein übles Schädel-Hirn-Trauma und habe Schlafprobleme und Kopfschmerzen. Es gibt ein paar andere Dinge, die damit einhergingen, aber eigentlich steckte ich so tief drin, als meine Tarnung aufflog, daher muss ich eine Weile untertauchen. Levi und ich haben darüber gesprochen, dass ich herkomme könnte. Ich denke, dass ich hier einiges Gutes bewirken könnte.“ Er musterte sie.

Jillian erstarrte, während seine Worte wie ein Alarm und gleichzeitig eine Glocke der Freude durch sie hindurch schrillten. „Du würdest hier gebraucht werden, aber bist du in Sicherheit?"

„Ich bin sicher. Ich habe undercover immer einen Bart mit Oberlippenbart getragen. Ich war kaum wiederzuerkennen, selbst wenn jemand aus meiner Vergangenheit aufgetaucht wäre." Er war damit beschäftigt, Dinge aus dem Korb zu ziehen.

Jillian hätte sich selbst dafür treten können, diese Unterhaltung in Gang gesetzt zu haben und sie auf so ein ernstes Thema zu bringen, wenn sie eigentlich die Szenerie und ihre gemeinsame Zeit genießen könnten. Das war romantisch. Und sie hatte die Tür zur dunkleren Seite seines Lebens geöffnet. Aber sie konnte nicht anders; sie musste Ryan verstehen. Sie streckte ihren Arm aus und legte ihre Hand auf seine.

„Vielleicht haben sie Recht. Vielleicht ist es Zeit für dich, dein eigenes Leben zu finden. Ich kriege den Eindruck, dass du dich irgendwie selbst in die gleiche Kategorie steckst wie… Leute, die du versuchst, hinter Gitter zu bringen."

Er gab ihr ein eingewickeltes Sandwich, das er aus dem Korb geholt hatte. Er fuhr sich schlagartig mit einer Hand durchs Haar, bevor er aufstand und zum Rand des Wassers ging.

„Das tue ich", sagte er. „Ich hab's versaut. Ich habe einen Anruf getätigt, bevor meine Deckung aufgeflogen ist, und das war eine Falle. Ich habe es nicht kommen sehen. Ich habe mir erlaubt, jemandem zu vertrauen, dem ich nicht hätte vertrauen sollen. Ich habe meine Mauern fallen gelassen und nicht gesehen, dass ich hintergangen wurde. Ich bin jemandem zu nahe gekommen, dem ich helfen wollte. Sie hat sich gegen mich gewandt und dafür habe ich bezahlt. In meinem Beruf kann es der Todeskuss sein, wenn du unachtsam wirst. In meiner Situation habe ich überlebt, aber das Mädel, dem ich helfen wollte, hat mir nicht nur eine Falle gestellt – sie starb im Kreuzfeuer."

„Oh, Ryan."

„Ja, es war übel. Das habe ich niemandem erzählt. Ich denke nicht, dass ich mir dafür jemals vergeben werde. Marla war eine liebe, verwirrte junge Frau wie meine Schwester und ich habe mich von meinen

Emotionen benebeln lassen."

Jillian stand auf und konnte nicht anders als zu Ryan zu gehen und ihre Arme um ihn zu legen. „Du hast das nicht mit Absicht gemacht. Ich weiß, dass du während deiner Karriere Leben gerettet hast, aber du kannst sie nicht alle retten."

Er drehte sich um und sah zu ihr hinunter, wobei er sie locker in seinen Armen hielt, während sie zu ihm aufblickte. „Ich weiß. Aber das will ich."

Jillian konnte nicht anders; sie hob ihre Hände und legte sie um sein Gesicht. Ihr Herz raste und die Überzeugung, dass sie voll und ganz in die Augen eines Mannes blickte, der seinen Wert unbedingt verstehen musste, ergriff sie. „Das kannst du nicht. Aber du kannst ein paar retten. Und du kannst einen Unterschied machen. So oder so bist du von Bedeutung, Ryan. Du bist von Bedeutung. Das heißt, dass du eine gewisse Ähnlichkeit mit einem normalen Leben verdienst. Einem glücklichen Leben. Du musst nicht die ganze Zeit vorgeben, eine schlechte Person zu sein."

Seine dunklen Augen waren starr.

Sie trat zurück. *Für wie schlecht hatte er sich in seiner Undercover-Arbeit ausgeben müssen? Was hatte er gesehen und getan? Konnte er sich an ein normales Leben gewöhnen?*

„Ich verstehe dich", sagte er sanft. „Ich muss es einfach akzeptieren."

„Ich glaube, das kannst du, denn ich kenne dich seit all diesen Jahren. Weißt du, warum du der Mittelpunkt all meiner jugendlichen Schwärmerei, Verliebtheit und totalen Verehrung warst?"

Das brachte ihn zum Grinsen. „Nein, tatsächlich nicht."

„Meine Brüder sind tolle Kerle und sie haben viele Freunde, daher hatte ich in meiner Kindheit und Jugend viele Jungs um mich. Aber du, Ryan, warst immer nett zu mir. Hast immer zu mir oder meinen Schwestern gehalten und ich wusste, dass ich mich immer auf dich verlassen konnte. Du konntest nichts dafür, dass ich mich in dich verknallt habe – du konntest nichts dafür, dass ich mich dir in der Nacht meines Abschlussballes an den Hals geworfen habe. Ein toller Typ zu sein, hat einfach seine Folgen." Sie neigte ihren Kopf und lächelte ein wenig. „Ja, ich bin noch immer gekränkt und war es so lange, dass es mich wütend auf dich gemacht hat. Das war falsch von mir, aber dass du ein guter, liebenswürdiger, fürsorglicher Mann bist, war kein Fehler von dir. Ich bin überrascht, dass sich dir nicht mehr Frauen an den Hals werfen."

„Nein, keine außer dir hat das je getan", sagte er und sie sah das verschmitzte Funkeln in seine Augen zurückkehren.

Überwältigt von allem drehte sie sich weg. Ihr Herz hämmerte und ihre Knie waren weich. Sie wusste, dass sie Ryan Locke liebte.

Sie ging weg, sank auf die Decke und schaute in den Picknickkorb, denn sie musste etwas tun, während ihre Gedanken herumwirbelten. Während die Gewissheit einsank. Das war nicht einfach nur eine jugendliche Schwärmerei von vor vielen Jahren, sondern ein echtes Gefühl für den Mann, der er gewesen war und der er geworden ist. Der hingebungsvolle Kämpfer für Gerechtigkeit, der so starke Emotionen hatte. Sie war sprachlos von den ehrlichen Worten. Sie hatte sich vor all diese Jahren in einen guten, freundlichen, aufrechten jungen Mann verliebt. Und nur durch seine Worte, durch die tiefbewegende Art und Weise, wie er wegen dem, was er durchgemacht hatte, empfand, wusste sie, dass er noch immer diese Person war. Ein Mann, der der Liebe wert war… *Aber was bedeutete das für sie?* Falls er sich in sie verliebte, hatte sie ihm nichts zu bieten.

Jillian schloss ihre Augen, während die ganze Realität, die sie befürchtete, auf ihre Schultern fiel.

KAPITEL ACHT

Am Tag bevor der Thanksgiving-Feier waren Jillian und ihre Schwestern mit den letzten Details beschäftigt. Sie hatte schrecklich viel zu tun gehabt, seit ihrem Lagunen-Date mit Ryan. Niemand schien zu bemerken, dass sie manchmal gedankenverloren war und das war eine gute Sache. Shar war im Krankenhaus für Meeresschildkröten eingespannt; Cali hatte Grant wieder zurück zuhause und war selbst geistesabwesend. Und Olivia und BJ haben angefangen, darüber nachzudenken, wann sie ihre Hochzeitspläne versuchen würden unterzubringen.

Jeder war also mit seinem persönlichen Leben beschäftigt, während das Resort und die Planungen für Thanksgiving im vollen Gange waren. Niemand bemerkte Jillians Rückzug. Selbst Blair schien geistesabwesend, seitdem Jax nach Hause zurückgekommen war, daher gab es auch kein Eindringen durch ihre Freundin. Jillian fiel jedoch, so gedankenverloren wie sie mit ihren Sorgen darüber, was sie mit Ryan und dem Kinderkriegen machen sollte, war, auf, dass Blair nicht sie selbst war. Sie war ein nervliches Wrack. Und Jillian fragte sich, was los war.

Sie sollte womöglich fragen… aber es ging sie wirklich nichts an.

Heute waren alle auf dem Sand im vollen Vorbereitungsmodus.

Jillian und ihre Schwestern halfen beim Aufbau des Festbereiches für die Kinder mit Spielen und Aktivitäten. Ihre Gedanken wanderten zurück zu Blair, die sich für heute krank gemeldet hatte.

„Oh, das sieht so süß aus", rief Olivia, als sie von dem Banner zurücktrat, das Max und BJ gerade für sie aufgestellt hatten.

„Tut es", stimmte sie zu, während sie das süße Bild der zwei Truthähne, die die Kinder zu dem Festbereich einluden, auf sich wirken ließ. Das Resort war ein Zentrum für Aktivitäten und ihre ganze Familie war darin involviert, die Strandfeier zu Thanksgiving ins Laufen zu bringen. Es würde eine riesige Beteiligung geben. Viele der Besucher des Resorts waren Leute, die zuvor zu Thanksgiving bereits auf der Insel gewesen waren und erneut zurückgekehrt sind, nur um das Event mitzuerleben.

Jillian konzentrierte sich darauf, ein Fest zu gestalten, das allen, die kamen und mit ihnen am Strand zu Mittag aßen, ein Lächeln aufs Gesicht zaubern würde. Sie konzentrierte sich nicht darauf, sich wegen Ryan Gedanken zu machen. Auch er war beschäftigt gewesen, seitdem sie die Lagune entlang gefahren waren, und hatte nicht angerufen oder war vorbeigekommen.

Der letzte Teil ihres Dates war gut gewesen, aber… verkrampft. Für ihren Teil wusste sie, dass sie überwältigt davon gewesen war, zu realisieren, dass sie ihn liebte und was das für sie bedeutete. Aber sie war sich nicht sicher, warum er ruhiger geworden war. *Hatte sie ihn dazu gebracht, sich zu sehr bezüglich seiner Probleme zu öffnen?*

Cali blieb stehen, wo sie eine Station Apfeltauchen aufbaute. „Das wird dieses Jahr eine fantastische Feier werden. Ich weiß, dass die Gemeinde ganz enthusiastisch ist. Und ich freue mich so, dass Mom und Dad das hier ins Leben gerufen haben, als wir Kinder waren."

„Ich auch", rief Shar von dort, wo sie ihren Kollegen aus dem Krankenhaus für Meeresschildkröten half, transportable Aquarien aufzustellen, die ein paar ihrer permanenten Bewohner unterbringen würde, damit alle sie sehen konnten. „Und wir freuen uns so, den Bereich für die Meeresschildkröten für die Kinder mitaufzubauen. Das wird ihnen gefallen."

Jillian stimmte ihr zu: „Das war eine großartige Idee von dir, die Schildkröten hierherzubringen. Das gibt diesem wundervollen Event eine weitere Ebene."

„Ich kann es kaum erwarten, ein eigenes Kind zu

haben, um das hier mit ihm zu feiern." Cali strahlte. „Ich bin sowas von bereit –" Sie wurde blass und ihr Blick traf Jillians. „Ich meine –"

Jillian realisierte, dass sie sich wegen ihr Sorgen machte, Babys zu erwähnen. „Ist okay, Cali. Ich hoffe auch, dass du bald ein Baby hast. Ich bin bereit, wenigstens Tante zu werden. Fühl dich nicht schlecht, weil du eine Mutter sein willst. Nicht wegen mir."

„Ich weiß, aber ich kann nicht anders als deswegen mit dir mitzuleiden –"

„Danke, aber mach das bitte nicht. Du willst also bald ein Baby?"

„Jillian", rief Shar. „Du bist eine zuckerummantelte, süße Schwester. Und wir werden in dieser Hinsicht für dich weitermachen."

„Ich auch", sagte sie.

„Gage kann es nicht erwarten, Babys zu haben. Daher wird sich Cali beeilen müssen, um uns zu schlagen. Aber ganz im Ernst, wer weiß, wer die erste sein wird?"

„Wir versuchen es." Cali grinste. „Aber bisher hat es noch nicht geklappt. Vielleicht können wir dennoch vor dem nächsten Thanksgiving ein Baby haben.“

„Mom wird begeistert sein, wenn sie endlich ein Enkelkind bekommt.“ Jillian versuchte zu lächeln. Trotz dem, was sie ihnen gerade gesagt hatte, musste sie die Erinnerung daran, dass sie womöglich nie ein Kind austragen würde, ignorieren, aber sie war entschlossen, dass sie sich auf den Segen der Adoption konzentrieren würde.

„Jillian, komm bitte mal hier rüber“, rief Trent von dort, wo er und Jake eine Kletterwand aufbauten. Ihre beiden Brüder hatten ihre Shirts ausgezogen, während sie arbeiteten, und hatten eine gewisse Aufreihung von Frauen versammelt, die umherstanden und ihren Fortschritt beobachteten. Ihre Brüder waren alle in Form und ziemlich durchtrainiert wegen ihrer Jahre im Militär.

„Oops, ich bin gleich zurück“, sagte sie und war erleichtert, die Unterhaltung zu verlassen. „Redet weiter, Mädels.“

Durch den Sand stapfend erreichte sie Trent. „Wie kann ich dir helfen?“, fragte sie.

„Sagtest du, du würdest hier noch etwas

ergänzen?" Er machte Kreisbewegungen mit seinen Händen, wodurch sich seine Muskeln anspannten, und sie hörte ein paar Oohs und Aahs von den bewundernden Zuschauern. Trent grinste in ihre Richtung.

„Ja, Pflanzen. Ich möchte um die Sockel dieser Hindernisse etwas Grünzeug pflanzen, um euch Jungs etwas mehr zum Überspringen zu geben. Das wird es für eure Fans aufregender zum Zuschauen machen."

Max schaute fragend. „Welche Fans?"

„Ha, du weißt, von wem ich rede."

Trent grinste. „Es ist hart, weißt du."

„Klar, weiß ich – es ist ein Elend." Sie lachte und erinnerte sich an eine Zeit, als sie normalerweise diejenige war, die an der Seite stand und all ihren Freundinnen und älteren Mädchen zuhörte, wie sie ihre älteren Brüder bewunderten, während sie heimlich Ryan anhimmelte.

„Ich habe sie dort drüben sich in einer Reihe aufstellen lassen." Sie deutete auf einen Bereich, wo die Lieferungen gestapelt waren. Dort war eine Reihe von eingetopften Sträuchern. „Vergrab die Töpfe einfach im Sand und wir können sie am Freitag wieder herausholen. Das ist einfach für die Optik."

„Elend, meinst du", korrigierte Max sie.

„Oh stimmt. Zusätzliche Arbeit für euch Jungs. Und der Wassergraben wir lustig werden. Alles für einen guten Zweck. Ihr Männer sammelt jedes Jahr eine Menge Geld, vergesst das nicht."

Ersthelfer, Militär, Feuerwehrmänner, Polizei; ihnen gefiel der Wettbewerb des Hindernislaufs. Es war für einen guten Zweck, da die Teilnahmegebühren und Spenden, die während des Tages gesammelt wurden, an eine städtische Essensausgabe gingen.

„Die Zuschauer werden entweder damit beschäftigt sein, unsere Kämpfe miteinander zu bestaunen oder darüber zu lachen, wie wir uns gegenseitig veralbern." Trent kicherte.

Max grinste. „In den Wassergräben hat es über die Jahre ein paar Kämpfe gegeben."

„Ich bezweifle, dass sich das ändern wird", sagte Ryan hinter Jillian.

Sie drehte sich um und sah Ryan sich mit einer Plane nähern. Ihr Herz tanzte.

Er sah sie an. „Wo ihr gerade von Gräben redet: Im Endeffekt werden wir den Wassergraben nur bauen, damit wir es auskämpfen können." Ryan lächelte sie an. „Levi hat es nicht geschafft. Er wurde zum Einsatz gerufen, daher hat er mich gebeten, das hier zu euch rüberzubringen. Ich habe den ganzen Tag frei. Jax kümmert sich um die Lagune, seitdem er zurück in der Stadt ist."

„Klar." Sie führte ihn zu den Pfosten hinüber, die markierten, wo die Wassergrube sein würde. „Danke, dass du das vorbeigebracht hast." Sie fühlte sich merkwürdig. Nicht, dass sie sich sicher war, was sie tun musste oder von alle dem wollte.

„Hat mich gefreut, das zu tun", sagte er. „Wie geht's dir? Ich habe an dich gedacht."

„Ich hoffe du hattest einen schönen, freien Tag. Du bist mir auch durch den Kopf gegangen", sagte sie, unfähig, die Wahrheit zu leugnen.

„Es sieht gut aus." Er schaute sich um. „Es sieht voll aus. Das hier willst du im Hindernislauf haben?"

„Auf jeden Fall." Sie war sich bewusst, dass ihre Brüder herüberstarrten und auch ihre Schwestern das taten. Die Mädels wussten, dass da etwas lief, aber vermuteten ihre Brüder, dass sich zwischen ihr und Ryan etwas anbahnte?

Er lächelte sie an, während sie neben ihm zu den Pfosten ging. „Ich habe darüber nachgedacht, worüber wir vor ein paar Tagen gesprochen haben. Tatsächlich habe ich zwei Nächte in Folge etwas besser geschlafen als seit langer Zeit."

Sie blieben neben den Pfosten stehen. Schmetterlinge vervielfältigten sich in ihrem Bauch wie Karnickel. „Das freut mich für dich. Wirklich, das tut es. Du hast Entscheidungen zu treffen und ich hoffe, dass ich dir vielleicht irgendwie helfen konnte."

„Hast du. Nun, wie möchtest du diese Grube haben? Es ist ein paar Jahre her, dass ich zum Hindernislauf hier war. Ich hole mir besser auch eine Schaufel."

„Ja, ich denke, du solltest dir eine Schaufel holen und dir ein paar meiner Brüder schnappen, damit sie dir helfen, denn es macht nicht viel Sinn, wenn du das alles allein machst. Außerdem hätten die ganzen Zuschauerinnen mehr zu sehen. Wenn du dein Shirt ausziehst, wie Trent und Max, wirst du die Menge wahrscheinlich noch vergrößern.“

„Solange sie um eine Person größer wird, wäre das für mich in Ordnung. Würdest du in der Menge sein?“

Sie lachte. „Ich habe viel mehr zu tun als herumzustehen und einen Haufen Jungs dabei zu beobachten, wie sie ihre Muskeln im Sonnenlicht anspannen.“

„Nun ja, das ist ein wenig enttäuschend.“ Er lachte und sie gingen rüber zum Rest der Gruppe.

„Okay, ihr straken Kerle“, rief sie ihren Brüdern zu. „Ich weiß, dass ihr denkt, dass ich Ryan dazu verpflichten würde, hier die Grube allein zu graben, aber das wird nicht passieren. Ihr wisst alle, wo die Schaufeln sind.“ Sie wandte sich zu den in Badeanzügen gekleideten Frauen. „Kommen Sie morgen zum Thanksgiving-Essen wieder. Alle sind eingeladen und dieser Hindernislauf ist ein jährliches Highlight. Spenden gehen zugunsten der Gemeinde. Sie werden es auf dem Kurs auskämpfen. Das ist immer lustig anzusehen. Was halten Sie davon?“

Beifall brandete auf genauso wie ein wenig Getuschel und Jubelrufe; Jillian winkte ihren Brüdern und Ryan zu. „Bitte schön, Jungs. Jetzt los an die Arbeit."

Ryan entgegnete ihr ein Grummeln. „Na sowas, danke."

„Sehr gern geschehen. Denke daran, dass es für einen guten Zweck ist." Sie lachte und ging zurück zu dem Kinderbereich. Sie würde sich darauf konzentrieren müssen, keines der bewundernden Fangirls zu werden und ihn zu beobachten.

Aber ein verstohlener Blick hier und da sollte okay sein.

Cali, Olivia und Shar schauten ihr nach, während sie ihrer Wege ging.

„Nun gut", sagte Cali. „So ist es also."

„Aha." Shar grinste. „Ich glaube nicht einmal, dass sie irgendetwas sagen muss. Es steht ihr übers ganze Gesicht geschrieben."

Olivia lächelte nur. „Ich denke, morgen und die nächsten Wochen werden schön zum Beobachten werden, wie es mit unserer Jillian, der Ruhigen von uns, weitergehen wird."

Jillian spürte wie ihre Wangen erröteten. „Ich stecke in Schwierigkeiten. Ich habe ihm nichts erzählt. Womöglich geht er weg."

Shar stemmte eine Hand in ihre Hüfte und neigte den Kopf. „Und womöglich bleibt er auch."

Und das war das Problem. Sie musste es ihm sagen.

Jillian war zu beschäftigt, was eine sehr gute Sache war, um an irgendetwas anderes als das Essen und die Feierlichkeiten an Thanksgiving zu denken. Sie musste ihr persönliches Leben auf Eis legen – alles davon – um den Tag über die Bühne zu bringen. In der Nacht hatte sie ziemlich wenig geschlafen, aber ein paar Stunden hatte sie geschafft, und sie war früh dagewesen, um sich in der Küche und überall sonst, wo sie von Hilfe sein konnte, nützlich zu machen.

Die Köche im Resort hatten so viel Truthahn und eine Auswahl an köstlichen Speisen vorbereitet und würden nach Bedarf für Nachschub sorgen. Das Resort nahm eine sehr geringe Gebühr für das Essen, um die Ausgaben zu decken, aber stellte trotzdem sicher, dass jeder, der kommen wollte, dazu auch in der Lage war. Niemand musste Thanksgiving allein verbringen, es sei denn, sie wollten es. Das war der Gedankengang ihrer Eltern gewesen, um diese Tradition ins Leben zu rufen, und heute waren sie hier, um sie fortzuführen.

Menschen kamen von überall her und der Ticketverkauf war rege gewesen; das Resort selbst war ausgebucht. Das Fest für die kleinen Kinder wurde hinzugefügt, als Jillian und ihre Brüder und Schwestern jung gewesen waren, und eine Attraktion an sich. Familien hatten Traditionen etabliert, ein Jahr nach dem nächsten herzukommen.

Als Ryan auftauchte, führte Jillian ein paar ältere Damen, die verwitwet waren und seit Jahren eine Nacht im Resort buchten, herum. Patsy und Francine waren lebhaft und hatten bei ihrem ersten Besuch vor etwa vier Jahren Jillian gegenüber eine besondere Sympathie entwickelt. Wahrscheinlich weil sie sich mit ihnen hingesetzt und gegessen hatte.

Francine war in ihren Achtzigern und war noch

immer eine passionierte Golfspielerin, die es liebte, Leute zu ärgern. Sie stupste Jillians Arm an, als Ryan durch die Menge auf sie zukam.

„Nun, das ist ein attraktiver junger Mann. Oh, Jilly, er kommt in unsere Richtung – verhalte dich normal", sagte sie und verwendete den Namen, den sie vor Jahren angefangen hatten für sie zu benutzen.

„Wie sonst sollte ich mich verhalten?" Natürlich war ihr Blutdruck in die Höhe geschnellt, aber das würde sie unter keinen Umständen Francine oder Patsy wissen lassen.

„Oh", murmelte Patsy nach Luft schnappend, während sie ihre Brille näher zu ihren Augen schob. „Er ist ein fuchsiger Mann."

„Sei still, Patsy. Den Begriff verwendet man nicht mehr. Er ist ein Adonis."

Die um ein Jahrzehnt jüngere Frau runzelte die Stirn. „Na ja, ich verwendende ihn. Er ist ein Fuchs. Kennst du ihn, Jilly? Er hat ein Auge auf dich geworfen."

„Wie eine Wärmesuchrakete", fügte Francine hinzu und rammte ihren Arm erneut in Jillian, als diese nicht antwortete.

„Ja, ich kenne ihn."

„Nun, das sollte interessant sein", sagte Patsy.

Seine Augen funkelten und sein Lächeln erreichte sie. „Hi", sagte er zu ihr und dann lächelte er ihre Freundinnen an. „Ich bin Ryan. Ich denke nicht, dass wir uns bereits kennengelernt haben."

„Francine, und das ist Patsy", sagte Francine.

„Nimmst du an dem Wettbewerb teil?", fragte Patsy.

Francine lehnte sich nahe zu Jillian und flüsterte: „Das hoffe ich."

Ryan konnte das nicht überhören und grinste. „Tue ich. Das erste Mal seit langer Zeit. Das wird lustig werden."

„Ich glaube nicht, dass ich dich zuvor bereits gesehen habe." Patsy warf Jillian einen neckischen Blick zu. „Du kennst also unsere Jilly?"

„Sie ist die Beste", bemerkte Francine.

„Ja, wir kennen uns seit langer Zeit."

„Wirklich? Was hält dich dann zurück?", forderte Patsy.

„Bitte was?", sagte er und Jillian fühlte sich plötzlich unbehaglich. Als würde sie das Herannahen einer schlimmen Grippe oder etwas ähnlich Schrecklichem spüren.

„Du magst sie", sprudelte es aus Francie heraus.

Ryans Blick traf Jillians. „Ja, gnädige Frau, das tue ich."

Patsy rammte sich ihre Brille näher an ihre Augen, da sie erneut heruntergerutscht war. „Ja, solche Blicke lügen nicht. Warum hast du also noch keine ehrenwerte Frau aus ihr gemacht?"

Jillian rang nach Atem. „Mädels, wir sind nicht –
"

„Warum nicht?", wurde sie von Francine unterbrochen.

Jillian sagte überhastet: „Ich, er… okay, Moment mal", mahnte sie und gewann ihre Fassung zurück. „Ihr beiden Unheilstifter sollten euch etwas Truthahn holen."

Ryan grinste und sie konnte sehen, dass er sich ein Lachen verkniff.

Francine musterte ihn von oben bis unten. „Das

werden wir tun. Aber denk daran, du Knackpo, wir haben den Blick gesehen.“

„Verschwendete Zeit. Das wissen wir beide“, sagte Patsy. „Wir hatten einen hinreißenden Liebling und haben ihn verloren. Aber wir erinnern uns daran.“

Und damit gingen sie weg.

„Du hast lustige Freundinnen“, sagte Ryan. „Versuchen sie dich oft zu verkuppeln?“

Jillian biss sich auf die Lippe. „Eigentlich nicht. Das war das erste Mal.“

„Oh“, sagte er. „Na ja –“

„Sie sind große Banausen. Schlimme Banausen. Aber sie erkennen einen guten Mann, wenn sie einen sehen. Ich freue mich, dass du hier bist. Die Beteiligung ist groß.“

„Ja, ist sie. Tut mir leid, dass ich ein bisschen spät dran bin.“

Sie kicherte. „Wenn du eher aufgetaucht wärst, wärst du womöglich mehr drangsaliert worden. Das Essen hat gerade erst angefangen, also sag Mom und Dad Hallo – sie wollen dich noch mal sehen. Und dann schnapp dir einen Teller. Du wirst bald essen wollen, bevor der Wettbewerb losgeht."

Er nickte und schaute sich um. „Wow, Jillian, hier sind eine Menge Leute. Das ist unglaublich. Und sieh dir deine Eltern an. Sie strahlen und sind total in ihrem Element."

„Ja, das ist ihre lebendige Vision." Ihre Augen füllten sich mit Tränen des Stolzes. „Das zeigt, was eine kleine Idee erschaffen kann. Das zu sehen, macht mich glücklich."

Ryan musterte sie. „Natürlich tut es das. Das passt auch zu dir."

Tat es. „Das macht mich im Herzen glücklich."

„Ich freue mich, dieses Jahr Teil davon zu sein." Er wurde ruhig, blickte umher und beobachtete die Kinder herumrennen und lachen. „Ich habe hier viele Thanksgiving verbracht, während mein Dad gearbeitet hat. Ich habe große Anerkennung dafür und bin sehr, sehr dankbar, Teil davon zu sein."

„Ich freue mich auch darüber. Wo ist dein Dad heute? Ist er immer noch angeln?"

„Ja. Er hat angerufen und gesagt, er habe eine weitere Gruppe, mit der er rausfährt. Ihm gefällt es. Ich bin froh, dass er eine schöne Zeit hat. Dafür ist die Rente da."

Sie sah ihn an. „Sagt der Mann, der nicht weiß, wann er aufhören soll."

Seine Miene verdunkelte sich. „Stimmt. Aber ich bin ein schneller Lerner."

„Oh wirklich?"

Er nickte und lehnte sich zu ihr. „Wenn ich etwas wirklich will, nehme ich Veränderungen vor."

Ein Schauer durchfuhr Jillian und ihr Atem blieb stehen, gerade als er sie anlächelte und dann zurücktrat.

Ihr Herz zog sich so fest zusammen, dass es wehtat.

Sie wollte für Ryan so sehr das Beste. Sie wollte, dass er frei von falschen Überzeugungen war, nach denen er es nicht verdiente, einfach Freunde zu empfinden. Und sie befürchtete, dass er diese mit sich herumtrug.

Sie lief noch immer umher und begrüßte Leute, als Ryan wenige Minuten später zurückkehrte und ihren

Arm nahm.

„Los, holen wir dir etwas zu essen." Er nahm ihre Hand und hielt sie fest. Ihr Magen fühlte sich bodenlos an, während er sie sanft zum Essen zog. „Du hast dir deine Füßchen wundgearbeitet und verdienst es, zu essen, weißt du."

Ryan hielt weiter ihre Hand, während sie zu den Tischen mit Essen gingen; nachdem sie ihre Teller gefüllt hatten, ging er zu einem der Tische voran und sie quetschten sich zwischen ihre Brüder und Schwestern.

Blair sah ein wenig blass aus, aber sie lächelte und Jax auch.

„Ich möchte etwas verkünden." Er sah zu Ryan und dann zu allen anderen. „Ich habe Blair gerade gefragt, ob sie mich heiraten möchte."

Alle brachen in Glückwünschen aus. Jillian schob ihren Stuhl nach hinten und ging zu Blair, um sie zu umarmen.

„Ich freue mich so für dich. Ich wusste, dass er dich bald fragen würde."

Ryan kam herüber und umarmte sie ebenfalls und

klopfte Jax auf die Schulter. „Das ist großartig."

„Danke euch allen", sagte Jax. „Ich war die längste Zeit über bereit für diesen Schritt gewesen. Und jetzt hat sie ja gesagt. Ich bin der glücklichste Mann auf Erden. Und es gibt noch mehr. Wir erwarten ein Baby."

Die Beglückwünschungen gingen erneut los. Und Jillian umarmte Blair noch einmal und verstand plötzlich, warum ihre Freundin ein paar Tage auf der Arbeit gefehlt hatte und in den letzten Tagen, bevor Jax nach Hause gekommen war, so ruhig gewesen war. Sie hatte sich Sorgen gemacht.

Blair hatte Tränen in den Augen. „Ich habe erst letzte Woche davon erfahren und habe mir solche Sorgen gemacht", sagte sie leise zu Jillian. „Aber Jax ist so glücklich. Und er hat mich sofort gefragt, ob ich ihn heiraten will."

„Um euch beide mache ich mir keine Sorgen. Das Baby wird wissen, dass es zwei Eltern hat, die es lieben."

Blair nickte und ihre Hand wanderte zu ihrem

Bauch. „Ja. Von ganzem Herzen.“

Die Worte des Arztes klangen durch Jillian hindurch, als wäre es der erste Morgen. *„Ihre Möglichkeiten, ein Kind auszutragen, werden in den nächsten Jahren rapide sinken. Ihre besten Chancen wären jetzt.“*

Später ging Jillian, während sie sich einredete, dass sie sich für Blair freute und nicht eifersüchtig war – vielleicht sehnsüchtig – zum Kinderfest, um ihren Posten einzunehmen. Sie nahm ihren Platz an der Station zum Apfeltauchen ein und wartete auf die kleinen Kinder, die ihr Glück beim Tauchen nach einem hellstrahlenden Apfel versuchen wollten. Glücklicherweise waren so viele Kinder da, dass sie sich nicht auf ihre eigenen Probleme konzentrieren konnte, während sie ihnen half, eine schöne Zeit zu haben. Und dann kam Ryan herbei, grinste und erinnerte sie umso mehr daran, was sie wollte und was sie Angst hatte zu erbitten. Zu erhoffen. Zu erträumen.

„Brauchst du Hilfe?", fragte er.

„Klar", sagte sie und rang sich ein Lächeln ab.

Bevor sie mehr sagen konnte, schaute der kleine Junge, der die Äpfel eingängig betrachtete, zu Ryan auf und grinste. Ihm fehlte ein Schneidezahn und er hatte Sommersprossen auf seinen Wangen; er sah so aus als wäre er ungefähr vier. Seine Mutter stand mit ihrer Kamera an der Seite und wartete darauf, ein Bild von ihm zu machen, wann immer er sich schließlich dazu entschied, seinen Kopf in das Wasser zu stecken und nach dem Apfel zu tauchen.

„Hey Mister, weißt du, wie man das macht?". Er schielte zu Ryan.

Ryan kicherte. „Es ist lange her, dass ich das gemacht habe, aber ich kann es sicherlich versuchen. Soll ich es dir zeigen?"

Das kleine Kind nickte. „Bitte." Die Freude und Aufregung waren in der Stimme des Jungen und seinen großen Augen erkennbar.

Ryan zögerte nicht, als er sich in den Sand kniete und seine Hand hob. „Gib mir fünf", sagte er.

Der Junge klatschte unmittelbar mit seiner winzigen Hand in Ryans und rief: „Du schaffst das!"

Ryan lachte. „Wie ist dein Name?"

„Kevin Donald Price", sagte der kleine Junge stolz.

„Kevin Donald Price – das ist ein großer Name für einen kleinen Jungen." Ryan grinste und Kevin strahlte.

„Du kannst mich einfach Kevin nennen. Das machen alle meine Freunde."

„Na dann, Kevin, los geht's." Ryan ergriff den Rand der metallenen Badewanne, in der sich die drei runden, roten Äpfel befanden; dann winkte er Kevin zu und tauchte seinen ganzen Kopf in die Wanne.

Kevin, so klein, lachte und sprang aufgeregt umher. Seine Begeisterung war ansteckend und andere Kinder sammelten sich umher, als Ryan seinen tropfenden Kopf aus dem Wasser zog und kräftig schüttelte, wie es ein nasser Hund tun würde. Wasser spritzte überall hin, wobei der Junge und jeder in seinem Weg nass wurden. Freudiges Kreischen entfuhr den Kindern.

Dann schaute Ryan verwirrt. „Habe ich den Apfel vergessen?"

Noch mehr Gekicher. Kevin streckte seinen Finger aus. „Ja, du hast ihn vergessen."

„Aber du kannst es noch mal probieren", erklärte ihm ein kleines Mädchen, das zu ihm getreten war.

Um nicht außen vor zu sein, kam Kevin näher. „Ja, kannst du. Meine Mom sagt, wir sollen niemals aufgeben."

„Sie hat Recht", stimmte Ryan zu.

Jillian schmolz bei Ryans süßem Gesichtsausdruck und seinem Umgang mit dem kleinen Jungen und den anderen Kindern dahin. Ihr Herz seufzte. *Ryan wäre ein toller Vater.*

Es kamen noch mehr Kinder herbei und beobachteten, wie er sich noch ein paar Male dumm anstellte, während die Kinder versuchte, ihm zu helfen, herauszufinden, wie er den Apfel mit seinen Zähnen fangen konnte. Schließlich schnappte er sich einen Apfel, als sie dachten, er würde es nie lernen, tauchte auf und hielt ihn zwischen seinen Zähnen.

Den Kindern gefiel es und sie klatschen und hüpften. Jillian lachte, während sie sie beobachtete, und fühlte sich in diesem Moment so sehr zu Ryan hingezogen, dass sie ihm beinahe ihre Arme um den Hals geworfen und ihm gesagt hätte, dass sie ihn liebte. *Habe ich bereits gemacht.* Sie bekam ihre Begeisterung zum Glück unter Kontrolle und blieb, wo sie war.

Er fuhr sich mit der Hand durch seine nassen Haare und grinste die Kinder an. „Okay, es ist Zeit, dass ihr Hosenscheißer es mal probiert. Und ich hoffe, ihr könnt das besser als ich."

Er hatte es den schlechtesten Kindern beim Apfeltauchen ermöglicht, besser zu sein als er. Die Kinder konnten den Apfel alle mindestens bei ihrem sechsten Versuch fangen. Ryan blieb stehen und feuerte jedes Kind an. Bevor die Kinder gingen, kannten sie ihn mit Namen und er kannte ihre Namen.

Aufregung kam von der Wurfbude weiter die Reihe mit Aktionen entlang und sie sah Jake auf dem

Sitzt, während sich Trent darauf vorbereitete, einen Baseball in die Mitte zu werfen.

Ihre Brüder hatten ebenfalls eine Menge um sich versammelt; zufällig waren es nur Frauen anstatt Kinder. Und obwohl Ryan locker dort sein und mit ihren Brüdern wetteifern konnte, hatte er sich entschieden, mit den Kindern nach Äpfeln zu tauchen. So war er genau perfekt.

KAPITEL NEUN

Wenige Minuten später wurde der Aufruf für die Teilnehmer am Hindernislauf, an die Startlinie zu kommen, von ihrem Dad durch das Megafon durchgegeben.

„Das bin ich", sagte Ryan. „Drückst du mir die Daumen, Jillian?"

„Selbstverständlich."

„Dann werde ich gewinnen."

Sie schaute skeptisch. „Bist du in der Lage zu diesem Wettbewerb? Musst du dich nicht noch schonen?"

„Ich bin fit genug. Wir sehen uns im Ziel."

Sie schaute ihm nach, als er wegging; Liebe schwellte in ihrem Inneren und ließ ihr Herz schmerzen.

Einige Augenblicke später jubelten alle an der Seitenlinie stehend, während sich die Männer aufstellten. Levi und Ryan waren, wie jedes andere Team, mit einem Seil um ihre Hüften zusammengebunden. Hierdurch sollten sie behindert und der Wettbewerb unterhaltsamer werden.

Ihr Vater senkte die Fahne, um das Rennen zu starten, und die Männer begaben sich in Aktion. Jubel brandete auf, während die Jungs auf das erste Hindernis zu rannten, wo sie unter einem Netz wie beim Militär durchkriechen mussten. Levi schaffte es einen Schritt vor Ryan zu dem Netz und er fiel auf seine Knie, was Ryan unmittelbar neben ihn zu Boden zog. Nicht darauf vorbereitet, schlug Ryan mit seinem Magen auf dem Boden auf und fing unverzüglich an zu lachen.

„Levi, man, mach langsam. Du bringst mich um." Er lachte heftiger und begann zu kriechen, da Levi nicht locker ließ, während er voranging.

Jillian begann ebenfalls zu lachen und fand es erheiternd, Ryan dabei zu beobachten, wie er entspannte und so viel Spaß hatte.

Als sie es ans Ende des ersten Hindernisses geschafft hatten, waren Trent und Max an ihnen vorbeigezogen und ein paar andere Teams – inklusive Jake und Gage, Cam und Grant und BJ und Jax – waren dicht hinter ihnen. Sie kamen zu der Wand; aneinander gebunden zu sein, machte das zu einer wirklich schwierigen Herausforderung, da sie ihren Anlauf gemeinsam koordinieren mussten. Ryan und Levi waren jahrelang Partner gewesen, bevor Ryan weggezogen war, und ihr vergangener Erfolg kam zum Tragen, als sie die Wand erreichten. Sie zählten kurz *eins, zwei, drei* und sprangen dann, um die obere Kante zu greifen. Sie schafften es, warfen ihre Beine hinüber und rollten sich gemeinsam, vor allen anderen, über die Wand.

Und eines nach dem anderen schafften es die Teams hinüber und verfolgten Levi und Ryan. Trent und Max gaben die Führung nicht leichtfertig hin und rasten knapp hinter ihnen in den Graben hinein.

Levi und Ryan bewegten sich im Gleichtakt durch jedes andere Hindernis, wobei sie, wie niemand anderes es konnte, im Team arbeiteten. Es war mehr als offensichtlich, dass sie das perfekte Team bildeten.

Sie kamen zu dem Reifenlauf. Ryan und Levi schossen hindurch, wie sie es getan hatten, als sie die beiden Schlussläufer der Staffel im Meisterschaftsrennen gewesen waren.

Sie entdeckte den kleinen Kevin hingebungsvoll Ryan bejubeln. Und als sie das letzte Hindernis erreichten und auf ihren Bäuchen durch die bewässerte Sandgrube krochen, waren sie Kopf an Kopf mit Max und Trent. Kevin raste an die Seite der Grube und schrie: „Los, Ryan! Los, los, los! Niemals aufgeben."

Ryan hörte ihn und warf einen flüchtigen Blick über seine Schulter zu dem Kind. Er grinste; er senkte seinen Kopf und zog an allen vorbei. Levi blieb dran, sie kamen aus der Sandgrube und rannten zur Ziellinie. Alle jubelten; Kevin rannte aus der Menge heraus und legte Ryan in einer ungestümen Umarmung seine Arme ums Bein. Ryan hob ihn sofort hoch und setzte ihn auf seine Schultern.

Ja. Sie liebte ihn.

Liebte ihn so sehr, dass sie platzen würde.

Die Jungs, inklusive ihrer neuen Schwäger und bald Schwager, gaben sich alle ein High Five. Obwohl sie an dem Wettbewerb noch nie teilgenommen hatten, haben sich Grant, BJ und Gage mit ihren Brüdern zusammengetan und sich gut geschlagen. Cali, Olivia und Shar stürmten los, um ihre Männer zu umarmen und sie wegen ihrer Niederlage mit Küssen zu trösten. Sie ging langsam auf Ryan zu. Sie hielt ihr unnatürlich starkes Bedürfnis, das sie scheinbar den Großteil ihres Lebens hatte, sich ihm um den Hals zu werfen, in Zaum und hielt ihre Begeisterung zurück.

„Hey Kevin, ich lass dich jetzt zurück zu deiner Mom gehen. Aber du kannst zur Lagune kommen, um mich zu besuchen, okay?"

Kevin stimmte zu und rannte los, um es seiner Mutter zu erzählen. Ryan packte Jillian unmittelbar um die Hüfte, zog sie nahe zu sich und küsste sie.

Seine warmen Lippen bewegte sich über ihre… und oh, was das für ein Kuss war. Direkt dort inmitten der Menge.

Jillian zerfloss an seiner Brust und war gefesselt von den Emotionen, die durch sie hindurch fuhren. Sie war außer Atem, als er sie losließ.

„Ich habe ganz vergessen, wie viel Spaß dieser Wettbewerb macht. Dieser ganze Tag ist fantastisch und Jillian, du bist fantastisch." Und dann nahm er ihre Hand und zog sie mit sich aus der Menge heraus und den Weg zum Wasser entlang.

Sie war sich nicht sicher, was sie taten, aber sie ging trotzdem mit. Hier, abseits der Festaktivitäten, war es ruhiger.

„Ich will dich für ein paar Minuten allein haben", sagte er. Und als sie die Wasserkante erreichten, grinste er. „Gib mir nur eine Minute, okay?" Er drehte sich zum Wasser und dann zurück. „Geh nicht weg. Ich spüle mir nur den Sand ab." Dann lachte er, rannte in die Brandung und tauchte unter Wasser.

Jillian hätte sich nicht bewegen können, wenn sie gewollt hätte. Er tauchte auf, strahlte wie ein Leuchtturm und kam dann zurück auf sie zu. Er rannte aus dem Wasser und zögerte nicht, ihre Hände in seine zu nehmen.

„Jillian, ich werde den Job bei Levi annehmen und du bist ein riesiger Teil der Begründung. Ich wollte in deiner Nähe sein. Ich will…" Er verstummte und nahm ihr Gesicht in seine Hände, ähnlich wie sie es mit seinem Gesicht getan hatte, als sie am Wasserfall gewesen waren. Sie hatte in dem Moment, in der er ihr gesagt hatte, er nehme den Job bei Levi an, aufgehört zu atmen. Jetzt verwandelten sich ihre Knie in Wackelpudding.

„Ich will dich. Ich liebe dich, entzückende Frau. Und ich kann keinen Moment länger leben, ohne dir das zu sagen."

Sie erstarrte und ihr Herz platzte beinahe vor Freude. Nach diesen Worten hatte sie sich den Großteil ihres Lebens gesehnt. Jillian blickte in seine so aufrichtigen und faszinierend überzeugenden Augen, lächelte und begann zu sprechen: „Ich… Ich –" *Liebe dich auch und will dich mehr als das Leben selbst,* schrie ihr Herz. Aber die Worte blieben ihr im Hals stecken. *Wie hatte sie es dazu kommen lassen?*

Sie hatte gewusst, dass er über ihre fehlende Zusicherung, wenn es um Kinder ging, Bescheid wissen musste. Er verdiente es, das zu wissen, bevor er sich in sie verliebte. Aber im Innersten ihres Herzens hatte sie nie wirklich daran geglaubt, dass er sich in sie verlieben würde. Oder das er auf Windswept Bay bleiben würde. Und jetzt sagte er ihr, dass er sich vor allem anderen für sie entschieden hatte.

„Ich kann nicht glauben, dass ich das getan habe", sagte sie mit kaum mehr als einem Flüstern, während sie sich zurückzog.

Sein Blick verdunkelte sich. „Was getan?"

Ihre Hand zitterte, als sie sich Haare aus dem Gesicht schob. Der Wind hob lange Strähnen an und ließ sie über ihr Gesicht fallen. *Wie sollte sie ihr Problem benennen?* „Ich hätte es dir erzählen sollen, aber ich hätte nie gedacht, dass du jemals diese Worte sagen würdest… niemals."

„Was sagen?", drängte er, wobei ihm die Verwirrung klar ins Gesicht geschrieben stand.

„Dass du mich liebst. Ich kann womöglich keine Kinder kriegen, Ryan. Und du verdienst Kinder. Es tut mir leid. Ich… kann das nicht. Es ist nicht fair… nicht richtig." Sie begann, wegzulaufen; Verwirrung und Tränen füllten ihr Herz und trübten ihren Blick. *Was hatte sie sich gedacht?*

Nichts.

„Warte." Ryan lief vor sie, um ihr den Weg zu blockieren. „Du kannst das nicht sagen und dann weglaufen." Er nahm ihre Arme und hielt sie an Ort und Stelle. „Was meinst du damit, du kannst womöglich keine Kinder haben?"

„Ich habe Probleme", platze sie heraus und begann dann auszuschweifen. „Jeder Tag, der vorbeigeht, ist ein Tag weniger, der es mir ermöglicht, selbst Kinder zu kriegen. Ich kann keinen Mann darum bitten, mich zu lieben oder zu heiraten, wenn er weiß, dass ich –"

„Warte, Moment mal. Nicht so schnell. Es ist in Ordnung – es wird in Ordnung sein. Jetzt atme langsam ein… ja, genau so", bestärkte er sie, während sie Schwierigkeiten hatte, zu tun, was er gesagt hatte.

„Du bist kaum zwei Wochen zuhause. Du kannst so etwas nicht so schnell aus heiterem Himmel sagen. Das ist einfach nicht möglich."

„Es ist möglich. Deine Mutter hat mir erzählt, dass sich deine Schwestern schnell verliebt haben. Aber das hat nichts mit ihnen zu tun… das ist, was ich für dich empfinde, Jillian. Und ich mache mir Sorgen um dich. Geht es dir gut? Bist du gefährdet?"

„Mir geht es gut. Ich habe nur ein paar Probleme, die es schwierig machen, Kinder zu bekommen… und jeder Tag macht es weniger wahrscheinlich, dass es passiert. Ich muss es bald probieren und selbst dann gibt es keine Garantie, dass es klappt."

Wie hatte sie jemals, auch nur für einen kurzen Moment, die Idee in Erwägung ziehen können, einen Mann zu finden und ihn schnell zu heiraten, damit sie das machen konnte… das war so egoistisch.

„Heirate mich, Jillian. Heirate mich jetzt."

Sie zog sich von ihm zurück. „Das ist nicht fair."

„Für wen?"

„Vor allem für dich. Oder für mich. Du kannst mir

so etwas nicht aus einer Laune heraus anbieten und mich in Versuchung führen…"

„Es ist keine Laune."

„Ist es."

Er blickte sie an. „Sag mir, dass du mich nicht liebst."

„Ich liebe dich nicht." Sie zwang jede Emotion aus ihrem Gesichtsausdruck und ihrer Stimme heraus.

„Du warst schon immer eine schlechte Lügnerin und bist es noch immer."

„Und das ist ein ziemlich selbstgefälliger Standpunkt von deiner Seite aus." Sie versuchte ihr Bestmögliches, um überzeugend auszusehen, als ein Lächeln auf seinem kostbaren Gesicht erblühte. „Hör auf zu Grinsen. Das ist sehr ernst, Ryan."

„In der Tat, sehr ernst." Er nahm eine Strähne ihres Haares in seine Finger. „Ich liebe das Gefühl deiner Lippen auf meinen. Und ich sehne mich danach, deinen Körper an meinem zu spüren. Aber vor allem sehne ich mich danach, zu wissen, dass du, von diesem Tag an, an meiner Seite sein wirst. Du sagst, das kommt unerwartet. Ich sage, dass ich schon immer wusste, dass du in meinem Herzen einen besonderen Platz hast. Der Tod meiner Schwester hat die Flugbahn meines Lebens verändert. Aber jetzt ist es dort, wo es einst war, und das ist ein Leben, in dem du meine oberste Priorität bist. Ich liebe dich, Jillian, und meine einzige Sorge bezüglich Kinder ist, dass es dir wehtut. Sag mir, dass du mich liebst, dass du mich heiraten wirst und lass uns ein Datum festlegen."

Sie brauchte einen Mann und derjenige, den sie liebte, war perfekt… aber die Situation war es nicht. „Nein, Ryan." Sie schüttelte ihren Kopf. „Ich kann nicht. Ich muss zurück zur Feier und beim Aufräumen helfen."

„Jillian, du wirst jetzt nicht einfach weglaufen, oder?"

Sie blieb stehen, drehte sich zu ihm um und ließ ihr Herz gegenüber jeglicher Emotion erkalten… das käme später. „Ja, werde ich. Ehe und Kinder sind die beiden wichtigsten Entscheidungen, die eine Person treffen kann, und…" Sie hielt erneut inne. „Ich werde dich keinen Fehler begehen lassen, weil du der Kerl bist, der das nächste Kapitel seines Lebens opfern würde, um meines in Ordnung zu bringen." Und das würde er, denn so war er – und sie musste das im Hinterkopf behalten.

Ryan fühlte sich als wäre er von einem von Cams preisgekrönten Bullen getreten worden, während er Jillian nachsah, wie sie von ihm ging. Das Beste war, ihr Zeit zu geben, um die letzten paar Minuten zu verarbeiten und auch ihm Zeit zu geben, es ebenfalls zu verarbeiten.

Für ihn war es offensichtlich gewesen, dass sie gemeint hatte, was sie gesagt hatte, als sie ihn stehenließ. Und er hätte gelogen, wenn er gesagt hätte, dass ihre Offenbarung ihm nicht den Wind aus den Segeln genommen hätte. Jillian verdiente es, Kinder zu haben. Sie war dafür gemacht, Mutter zu sein.

Aber das Leben war nicht fair und gerade er verstand das. Jen und Marla hatten auch nicht verdient, zu sterben. Aber das waren sie.

Für ihn war Thanksgiving vorbei. Er ging von der Feier weg über den Sand und nahm den langen Weg herum zu seinem Truck. Er brauchte Zeit, um nachzudenken.

Er brauchte einfach Zeit.

KAPITEL ZEHN

Jillian hatte sich zusammengerissen, nachdem sie von Ryan weggegangen war. Es war schwer gewesen, aber sie hatte es geschafft, beim Aufräumen zu helfen, obwohl sie großartige Mitarbeiter hatten, die alles unter Kontrolle hatten.

Als sie schließlich in ihr Haus gelaufen war, hatte sie all die Kontrolle, die sie aufbringen konnte, verloren, und die Tränen waren gekommen. Sie saß auf ihrer Terrasse, umgeben von ihren Blumen, doch der Frieden, den sie normalerweise in ihrem Garten empfand, war nicht da.

Ryan hatte sie gebeten, ihn zu heiraten. Das war genau das, was sie gewollt hatte und was sie brauchte, um ihre Träume zu erfüllen. Aber sie war nicht in der Lage gewesen, das durchzuziehen.

Sie tupfte sich die Augen ab und kämpfte hart gegen den Fluss der Tränen an.

Das Klicken, mit dem ihre Gartentür geöffnet wurde, ließ sie aufblicken.

„Jillian, bist du hier hinten?", rief Shar, während sie an den pinken Philodendren vorbeiging. Olivia und Cali waren bei ihr.

„Das bist du", sagte Olivia mit besorgtem Blick.

Cali hastete voran. „Wir haben geklopft, aber du bist nicht rangegangen. Oh Jillian, wir dachten, du wärst traurig, als du das Resort verlassen hast."

Und sie hatte gedacht, sie hätte es so gut versteckt. Sie schniefte. „Mir geht's gut."

„Wir sind nicht blind", fauchte Shar. „Hör also auf mit dem Quatsch. Wir lieben dich und wollen helfen."

Superwoman ist zur Rettung da, dachte Jillian und schaute zu ihrer dunkelhaarigen Schwester, die ihr einen sorgenvollen, finsteren Blick zuwarf.

Olivia signalisierte Shar mit ihrem Blick, sich zurückzuhalten, und dann kniete sie sich vor Jillian. „Sie macht sich nur Sorgen um dich. Das machen wir alle. Wir haben gesehen, wie du Ryan geküsst hast, und wir haben uns so gefreut. Ihr beide hattet so viel Spaß den ganzen Tag über und dann bist du mit ihm zum Strand gegangen."

„Und ohne ihn zurückgekommen." Cali saß auf der Armlehne des Stuhls neben Jillian.

Shar blieb stehen. „Was zur Hölle ist passiert? Hast du ihm erzählt, dass du ihn als Vater deines Kindes brauchst?"

Jillian war an der Reihe, Shar böse anzugucken. „Ich –", war alles, was sie sagen konnte, und dann fing sie wieder an, zu weinen.

„Hast du." Shar keuchte, genauso wie Cali und Olivia. „Du hast wirklich die Nerven gehabt, ihn das zu fragen? Ich kann es nicht glauben."

Jillian schniefte. „Ja, hab ich." Sie schniefte noch mehr und kämpfte dagegen an, nicht noch mal zu weinen, aber die Tränen kullerten aus ihren Augen.

„Und dann hat er dich abgewiesen", sagte Cali.

„Du hattest Recht – das ist eine schwierige Situation für einen Mann. Es tut mir so leid, Süße."

„Komm schon, nicht weinen", sagte Shar und ihr stiegen auch Tränen in die Augen.

„Er hat nicht nein gesagt", flüsterte sie. „Er sagte, dass er mich liebe und dann habe ich ihm erzählt, dass ich womöglich keine Kinder kriegen kann und wenn doch, dann müsste es bald passieren. Und fast noch bevor ich die Worte herausbringen konnte, fragte er mich, ob ich ihn heiraten will. Er ist der tollste Mann überhaupt."

„Okay, also sollten wir feiern."

„Ich habe nein zu ihm gesagt."

„Du hast was?", fragte Shar. „Aber du liebst ihn. Du hast gesagt, dass du das tust."

Sie nickte. „Und deswegen habe ich nein gesagt. Ich kann das nicht machen."

Die Mienen ihrer Schwestern waren erstaunt.

„Nein, ich schätze, du konntest nicht ja sagen." Cali nahm ihre Hand. „Du könntest dich selbst das nicht tun lassen."

Jillian trocknete ihre Augen ab. „Ich konnte nicht.

Er hat es angeboten. Er sagte, dass er mich liebe und dass es nicht so schnell ging. Er hat all die richtigen Sachen gesagt… aber ich will, dass er alles bekommt, was er verdient. Ich könnte niemals mit mir selbst leben, wenn ich ihn heiraten würde und ihm dann kein Baby schenken könnte."

„Aber Süße, ihr könntet adoptieren", sagte Olivia.

„Genau", stimmte Shar zu. „Daher verstehe ich das einfach nicht. Heirate den Mann, verdammt noch mal."

Verzweiflung ließ Jillian sich aus ihrem Stuhl hochdrücken und Abstand von ihren Schwestern nehmen. „Es ist kompliziert. Belehr mich nicht, Shar. Ich liebe dich, aber ich kann ihn nicht heiraten und dann befürchten, dass er es eines Tages womöglich bereut."

Shar verschränkte ihre Arme und Jillian wusste, sie hatte mehr zu sagen, aber hielt es zurück. „Es ist dein Leben", war alles, was sie sagte.

„Das war's also." Cali sah ebenfalls hin- und hergerissen aus.

„Ja. Ich habe mich Ausgeheult und werde wieder

in Ordnung kommen. Ich habe Optionen. Sie schließen nur keinen Mann ein."

Olivia runzelte die Stirn. „Das gefällt mir nicht."

Jillian lächelte und wusste, dass sie es nicht verstehen konnten. Sie tat es selbst nicht komplett. Sie wusste nur, dass es für sie einfach nicht richtig war, ja zu Ryans Antrag zu sagen. „Es wird in Ordnung sein. Ich werde in Ordnung sein."

Hoffte sie...

„Also wann fange ich an?"

Levi schaute von seinem Tisch auf, als Ryan am nächsten Morgen das Büro betrat und sich auf den leeren Stuhl auf der anderen Seite des Tisches lümmelte.

„Falls das bedeutet, dass du mein Angebot annimmst, kannst du gestern anfangen." Levi stand auf, lehnte sich über den Tisch und streckte seine Hand aus. „Ich bin so froh, dich an Bord zu haben."

Ryan lehnte sich vor und ergriff den festen Handschlag seines Freundes. „Ich freue mich auch, an

Bord zu sein. Also im Ernst, wann fange ich an?"

Levi sank in seinen Stuhl zurück und musterte ihn nachforschend. „Du, mein Freund, siehst schrecklich aus. Was ist los?"

„Ich bin wegen des Jobs hier, Levi. Nicht für Berichte über mein Aussehen."

„Griesgrämig *und* schrecklich aussehend. Wo bist du gestern hingegangen? Ich habe dich und meine Schwester weggehen sehen und du bist nicht wieder aufgetaucht. Stimmt zwischen euch beiden etwas nicht?"

„Warum denkst du, dass da etwas zwischen uns ist? Denn ich muss es auch nicht haben, dass sich mein Chef in mein persönliches Leben einmischt."

Levis Augen verengten sich. „Zu deiner Information: Ich mache es zu meiner Angelegenheit, zu wissen, was los ist, und ich habe hier überall Informanten. Hattet ihr Spaß, abends die Lagune entlang zu fahren? Du glaubst, ich weiß nicht, dass du auf Jillian stehst? Und du hast sie gestern geküsst. Oder hast du das vergessen?"

Er hätte wissen sollen, dass Levi seine Finger

überall im Spiel hat. Und er hatte Jillian direkt vor allen anderen in der Hitze des Moments geküsst. Er hatte während des Apfeltauchens gewusst, dass er Jillian liebte. Es war so einfach gewesen. Es war, als ob sich, als er von dieser Wanne aufgeblickt und die pure Freude in ihrem Gesicht gesehen hatte, während Wasser sein Gesicht hinuntergetropft war, alles in seinem Herzen gefügt hatte. Überwältigt hatte er mit Levi an dem Hindernislauf teilgenommen und ihm war alles klar geworden, während sie sich ihren Weg zur Ziellinie erkämpft hatten.

„Hast du etwas ein Problem damit?" Er musste hier sein und in der Stadt einen Beitrag leisten, die er immer geliebt hatte, mit der Frau, bei der ihm klar geworden war, dass er sie liebte. Er musste sie nur dazu bringen, zuzugeben, dass sie ihn liebte. *Hatte er sie überrumpelt?*

„Ich kenne dich, Ryan. Du bist ein guter Mann. Aber es kommt darauf an, was Jillian will."

Ryan lehnte sich nach vorn mit seinen Ellbogen auf den Knien und seinen Händen verschränkt. „Ich wünschte, du hättest mir erzählt, dass sie solch ein ernsthaftes Problem hat. Nicht zu wissen, ob sie ein Kind bekommen kann, muss schrecklich –"

„Jillian kann kein Kind bekommen?" Levis Argusaugen trafen ihn. „Wovon redest du?"

Ryan schlug sich auf die Stirn. „Du wusstest es nicht?". Er stöhnte.

„Nein, wusste ich nicht." Levi lehnte sich in seinem Stuhl zurück und Fassungslosigkeit fraß sich in sein Gesicht, genauso wie sie in Ryans Herzen war. „Jillian wollte immer Kinder haben. Das muss sie umbringen."

„Ja, aber sie hat mein Hilfsangebot nicht angenommen –"

„Dein *was?*", grummelte Levi. „In einer Zeit wie dieser braucht sie keine Anmache –"

„Ich habe deine Schwester nicht angemacht. Ich habe ihr einen Antrag gemacht."

Levis Augen blitzen auf. „Du hast *was?*"

„Hast du mir nicht zugehört?" Ryan stand auf. „Ich habe dir gesagt, dass ich Jillian liebe."

„Du hast nichts von Liebe gesagt. Du hast sie geküsst und ich habe angenommen, dass zwischen euch was läuft, aber du hast nicht gesagt, dass du sie liebst.“

„Na ja, tue ich.“ Ryan ging in dem kleinen Büro auf und ab und blieb dann stehen. „Aber sie glaubt, dass ich sie nur gefragt habe, ob sie mich heiraten will, um ihr zu helfen, ein Kind zu bekommen. Das stimmt einfach nicht.“

Levi ging zur Kaffeekanne. „Wie wäre es mit einer Tasse Kaffee?“ Er schenkte eine Tasse ein und hielt sie Ryan hin, obwohl er nicht gesagt hatte, dass er eine wollte.

Ryan nahm sie. „Wie kann ich das in Ordnung bringen?“

Sein langjähriger Freund goss sich selbst eine Tasse Kaffee ein und nahm einen vorsichtigen Schluck. „Mit Zeit. Und auf die altmodische Art. Du bleibst an ihr dran, bis sie dir sagt, aufzuhören oder zustimmt, dich zu heiraten.“

„Aber das ist genau der Punkt – sie sagt, dass jeder Tag, der verstreicht, ihre Chancen, ein Kind kriegen zu können, verringert. Die Zeit ist gegen sie.“

„Und sie ist sich dessen wohl bewusst. Du kennst Jillian – sie ist vorsichtig und geduldig. Sie mag darüber nachdenken, sich wegen eines Kindes in eine Ehe zu stürzen, aber ich bezweifle ernsthaft, dass sie das durchziehen könnte."

Er wusste, dass das stimmte. „Also wo stehe ich jetzt?"

„Du stehst dort, wo du Zeit hast, deine Angelegenheiten neu zu organisieren und dich ein für alle Mal wieder hier niederzulassen. Falls Jillian dich liebt, wird sie vorbeikommen. Es ist Freitag. Du fängst am Mittwoch hier an. Gibt dir das genug Zeit, um dich um alles zu kümmern und wieder zurückzukommen?"

„Ja. Jax ist zurück und mir gefällt es nicht, ihm das zu sagen, aber ich bin nicht sein Mann, wenn es darum geht, das Lagunengeschäft zu betreiben. Ich bin ein Polizist."

Levi nickte. „Ja, das bist du. Ich habe nie geglaubt, dass dieser Job zu dir passen würde. Jetzt bring dein Leben in Ordnung und komm hierher zurück. Deine Heimatstadt braucht dich."

Das war gut zu wissen. Aber als Ryan das Gebäude verließ, fragte er sich, ob Jillian ihn auch brauchte.

KAPITEL ELF

Die zwei Wochen nach Thanksgiving war im Resort Gott sei Dank viel los, denn Weihnachten stand vor der Tür und drei Hochzeiten am Strand sowie eine größere, formelle Hochzeit drinnen im Festsaal waren gebucht. Das hielt sie alle auf Trab und gab Jillian weniger Zeit, um über sich nachzudenken und auch um ihren eigentlichen Job zu erledigen. Denn sie war nicht nur für die Blumen verantwortlich, sondern musste auch bei der Vorbereitung helfen. Blair war ihre rechte Hand bei diesen Projekten und unentbehrlich.

Vor allem für die formelle Hochzeit, die mehr Aufmerksamkeit für den Festsaal benötigte, da hier der Blick nach draußen fehlte. Jillian liebte es jedoch, die Vorstellungen der Bräute zum Leben zu erwecken, und sie stürzte sich in die Hochzeit. Sie und Blair hatten sich bereits früher in der Woche mit der Braut und ihrer Mutter getroffen, doch trafen sich heute erneut.

„Ich habe noch nie eine nervösere Braut als Darlene gesehen", flüsterte Blair Jillian zu.

„Sie wird noch ein Geschwür kriegen", sagte Jillian mitfühlend, während sie die Mutter und die Braut am anderen Ende des Festsaals in einer gedämpften Diskussion beobachtete. Jillian hatte das Gefühl, dass die Mutter versuchte, ihre Tochter dazu zu bringen, sich zu entscheiden. Sie hatten sich wegen der Blumen entschieden und dann hatten sie ein paar Änderungen diskutiert, was sich in große Veränderungen verwandelt hatte und dann waren sie zu einer ganz anderen dritten Wahl gekommen. Sie würde bei Jillian ein Geschwür verursachen.

„Das sollte eine glückliche Zeit sein", fuhr Blair fort.

„Ja, sollte es." Jillian dachte an Ryan. Sie versuchte, nicht zu oft an ihn zu denken. Sie wusste, dass er den Job bei Levi angenommen hatte und dass er in der Gegend war, aber sie war ihm nur einmal im Supermarkt über den Weg gelaufen. Dort hatte es keine Einladung gegeben, mit ihm Eiscreme zu essen.

„Ich meine, ich bin nervös", sagte Blair und riss Jillian aus ihren Gedanken. „Du weißt schon, mit dem Baby noch dazu hatte ich ein paar Vorbehalte, wie Jax die Neuigkeiten auffassen würde. Ich hatte Angst, dass er sich in die Enge getrieben fühlen würde. Aber er war wundervoll und so glücklich."

„Habt ihr euch auf ein Datum geeinigt?"

„Noch nicht. Es braucht ein wenig Jonglieren mit der Familie." Sie schaute kurz, ob sich die Kunden immer noch unterhielten und das taten sie. „Ich wollte dich fragen, ob du meine Trauzeugin sein willst?"

Jillian war sprachlos. „Natürlich will ich. Ich wäre geehrt."

Ein wunderschönes Lächeln legte sich auf Blairs Gesicht. „Ich habe gehofft, du würdest ja sagen. Ich lass es dich wissen, sobald wir uns für ein Datum entschieden haben."

„Ich bin gespannt", sagte sie, gerade als die Braut mit ihrer Mutter folgend auf sie zu stapfte. Jillian lächelte. „Und, haben Sie sich entschieden?"

„Meine Mutter denkt, ich bin irre", sagte sie dramatisch. „Aber das ist der wichtigste Tag meines Lebens. Verstehen Sie das?"

Jillian wurde steif, blieb aber ruhig. „Ja, tue ich. Wie kann ich Ihnen helfen?"

„Dieser Raum braucht mehr. Er ist –"

Die Mutter rieb sich die Schläfe. „Darlene, hör auf. Dieser Ort wird wundervoll sein. Jillian und ihr Team werden das sicherstellen. Nicht wahr?"

„Ja." Jillian hatte ihnen ihr Portfolio gezeigt und war es viele Mal durchgegangen.

„Ich will nicht wundervoll. Ich will unglaublich. Spektakulär. Und ich glaube einfach nicht, dass wir schon dort sind und uns läuft die Zeit weg." Und dann brach sie in hysterisches Weinen aus und stürmte aus dem Gebäude.

„Es tut mir so leid", entschuldigte sich die Mutter. „Diese Hochzeit wird mich umbringen. Wird sie definitiv. Bitte fahren Sie mit den Plänen fort und wenn Sie es… ähm, spektakulär… machen können, tun sie es. Geld ist kein Problem."

„Ich denke, wir haben unser erstes Brautmonster." Blair seufzte. „Wow."

Jillian nickte. „Scheint, das haben wir. Nun ja", sie drehte sich zu Blair, „nichts davon zu deiner Hochzeit."

Blair lachte. „Verspreche ich. Jetzt ziehe ich mich besser um. Ich springe heute Nachmittag für eine der Tischdamen im Restaurant ein."

„Oh, das habe ich vergessen. Du arbeitest zu viel, das weißt du."

Blair grinste. „Danke Gott, dass ich meinen Job liebe. In der Hinsicht habe ich Glück."

„Ja, in der Hinsicht haben wir Glück."

Als sie allein war, studierte Jillian den großen Raum. Was sie Darlene vorgeschlagen hatte, war bereits übertrieben. Goldene Tischtücher, cremefarbene Kerzen und Rosen und von der Decke drapierte Kristalle. Und mehr… es würde spektakulär werden. Jillian schlug ihr Hochzeitsbuch auf und schaute über die Hochzeitstafel, die sie vor Monaten vorbereitet hatte, als sie hereingekommen und die Hochzeit gebucht hatten. All das war bereits geplant und bereit zur Umsetzung. Die plötzliche Wendung der Ereignisse war unerwartet. Sie fragte sich, ob Darlene einfach kalte Füße hatte. Falls ja, waren das die kältesten Füße, die Jillian je gesehen hatte.

Jillian brauchte selbst etwas frische Luft, verließ das Gebäude, ging an der Schwanenlagune entlang und blieb stehen, um sie vorbeischwimmen zu sehen.

„Pass auf", schrie jemand. Sie drehte sich auf dem engen Fußweg gerade rechtzeitig um, um eine riesige Menge Fell und schlackernde Lefzen den Weg entlang stürzen zu sehen. Es bellte laut und raste dann in sie hinein. Jillian verlor das Gleichgewicht, stolperte mit dem Gewicht des Hundes nach hinten und fiel dann in den kleinen, flachen Kanal.

Spritzend und durchnässt setzte sie sich auf, während der riesige Hund neben ihr ins Wasser platschte. Sie schaute auf und sah ausgerechnet Ryan ins Wasser rennen.

„Geht es dir gut?", fragte er.

Sie schob sich ihre Haare aus dem Gesicht und war sich noch immer nicht sicher, wie sie im Wasser gelandet war. „Ich denke schon. Wo ist dieser Hund hergekommen?"

Ryan bot ihr seine Hand an. Und sie nahm sie, wobei sie sofort die Anziehungskraft spürte, obwohl sie triefendnass war. Er lächelte und zog sie hoch. „Wir haben einen Anruf erhalten, dass ein riesiger Hund am Strand frei herumläuft. Dieses Tier hat dort draußen ein Chaos angerichtet. Du hättest all die umgestoßenen Picknickkörbe und Schirme sehen sollen, die kaputt hinter ihm lagen. Und er hat es bis zu dir geschafft und jetzt schau ihn an. Er ist friedlich wie ein Lamm."

Sie atmete noch immer schwer von ihrem Sturz, während sie nach unten sah, um den großen, weißhaarigen Hund auf seinen Hinterkeulen im fast ein Meter tiefen Wasser sitzen zu sehen. Er grinste zu ihnen hinauf; seine Zunge hing schlapp zu einer Seite, während sein langer Schwanz durch das Wasser vor und zurück wedelte.

Sie lachte. „Du hast kein Schamgefühl." Sie

klopfte sich auf die Oberschenkel, um den Hund zu ermuntern, aus dem Wasser zu kommen. „Komm schon, komm aus dem Wasser raus." Und er tat es; er trottete tropfend heraus und legte seinen nassen Kopf auf Jillians Knie. Sie streichelte ihn und sah zu Ryan hoch. „Irgendeine Idee, wem er gehört?"

„Lass mal sehen." Er streckte seine Hand nach unten und drehte das Schild am Halsband des Hundes um. „Sein Name ist Roscoe und er gehört zu…" Ryan schmunzelte. „Nun, die habe ich." Er blickte auf. „Er gehört zu Kevin Donald Price."

„Ich kenne den Namen – oh! Das ist der kleine Junge vom Apfeltauchen."

„Ja, ist er. Dort sind eine Telefonnummer und eine Adresse. Ich denke, ich bringe ihn dort vorbei, anstatt anzurufen."

Sie standen nahe beieinander und ihr wurde klar, dass sie ein paar Minuten wieder an dem Punkt waren, dass sie sich nicht unwohl miteinander fühlten. Der Supermarkt war so schlimm gewesen. Sie hatte ihn so gern ansprechen wollen, aber sich zurückgehalten.

„Willst du mit mir mitkommen? Wir können kurz

bei deinem Haus vorbei, damit du dich umziehen kannst. Außer du willst den Rest des Tages in dem Outfit verbringen."

Er hatte Roscoes Halsband ergriffen und hielt den Monsterhund fest.

Sie wollte ablehnen, aber sie musste sich umziehen. „Klar. Das wäre nett. Und es wird bestimmt schön, Kevin wiedervereint mit seinem Hund zu sehen."

Roscoe erwählte den Moment, um sich das Wasser aus dem Fell zu schütteln und bespritze sie beide.

„Oh man", sagte Ryan. „Da ist die halbe Bucht aus ihm herausgekommen."

„Das brauchst du mir nicht sagen. Ich bin wieder klitschnass."

Wenige Minuten später stiegen sie in seinen Windswept Bay SUV. Er packte den Hund auf die Rückbank, während Jillian Handtücher benutzte, die sie von dem Handtuchhäuschen am Pool genommen hatte.

„Ich kann es nicht erwarten, zu duschen. Hast du Zeit, dass ich das kurz machen kann?"

„Ich habe alle Zeit, die du brauchst. Ich mache eine paar Anrufe, während du duschst."

Sie wohnte nicht weit vom Resort entfernt und kurz darauf bogen sie in ihre Einfahrt. Sie musste ihm die Richtung sagen, aber er hatte keine Probleme, dorthin zu kommen.

„Da sind wir." Er parkte und sie stiegen aus. Roscoe steckte seinen großen Kopf aus dem Fenster und bellte. Ryan streichelte seinen Kopf. „Rühr dich nicht vom Fleck, Kumpel. Das ist nicht dein Halt."

Ryan hatte es nicht bis ganz nach unten gekurbelt, damit der Hund auf keinen Fall wieder ausreißen konnte.

„Ich brauche nicht lang. Du kannst gern reinkommen."

„Ich rufe Levi an und sag ihm Bescheid, was los ist. Ich muss dir sagen, das letzte Mal, dass ich jemanden durch die Büsche gejagt habe, war es ein Drogendealer. Es hat sich irgendwie merkwürdig angefühlt, einen Hund zu verfolgen."

Sie lächelte zaghaft. „Gewöhnst du dich an den Job?" Sie hatte in den letzten Wochen nicht viel mit

Levi gesprochen, aber sie hatte gehört, dass Ryan arbeitete.

„Es ist anders. Es ist gut."

Sie nickte und ging hinein. Es war nicht zu leugnen, dass sie sich freute, Ryan zu sehen. Er sah so gut aus, auch wenn er schrecklich aussehen konnte und sie dasselbe denken würde. Sie musste vorsichtig sein.

Sie musste sehr vorsichtig sein.

Ryan musste vorsichtig sein. *Sehr vorsichtig.*

Er hatte Roscoe um das Resort herum gejagt und sich nicht erträumen lassen, dass die Jagd so enden würde. Er hatte Levi per Funk kontaktiert und dann Kevins Mutter angerufen. Sie war so erleichtert gewesen und hatte ihm versichert, dass er von jetzt an Kevins Held sein würde.

Als er fertig war, war er versucht, in Jillians Haus zu gehen, nur um einen Blick hineinwerfen zu können. Er hatte sie sehen, ihre Stimme hören wollen, aber außer an dem Abend, an dem sie sich im Supermarkt begegnet waren, war er ihr aus dem Weg gegangen.

Er musste ihr ihren Freiraum lassen und wenn er in ihrer Nähe war, wäre das unmöglich gewesen. Roscoe hatte das geändert.

Ryan lehnte gegen den SUV und schaute zu Roscoe. „Jap, das ist dein Fehler. Ich muss meine Karten richtig spielen. Oder sie läuft weiterhin davon.“

Roscoe legte seinen Kopf schief und seine schwarzen Augen schauten Ryan verständnisvoll an.

„Ich sage dir trotzdem“, sagte er zu dem Hund. Ja, Ryan bemerkte, dass er womöglich ein Problem hatte, wenn er sich mit dem Hund unterhielt. „Sie sah umwerfend aus… selbst klitschnass und mit verschmiertem Mascara hat es all meiner Willenskraft bedurft, mich zu verhalten als wäre alles cool. Ich muss cool sein.“

Die Tür öffnete sich und Jillian kam heraus. Ryan stöhnte. Und das tat auch Roscoe, als würde er verstehen, was Ryan durchmachte. Ihre Haare waren noch immer feucht von der Dusche und eine leichte Locke spielte ihr ums Gesicht. Sie trug schlichte, weiße Jeans und eine hellblaue Bluse, aber sie hätte auch ein kurzes, schwarzes Kleid und Absatzschuhe tragen können und wäre für ihn nicht noch schöner gewesen.

„Tut mir leid, dass es so lange gedauert hat. Ich hab mir nicht die Zeit genommen, meine Haare zu trocknen.“

„Ist okay. Ich und Roscoe haben uns hier angefreundet.“

Sie kicherte, ein warmer, klingelnder Glasklang, der sein Innerstes zum Schmelzen und sein Herz zum Schlagen brachte. „Ich hoffe, du wirst damit klarkommen, ihn Kevi zurückzugeben“, neckte sie ihn, als er ihr die Tür öffnete.

„Ich werde das hinkriegen. Und falls ich es sagen darf, du hast dich schön zurechtgemacht.“

Ihre Blicke trafen sich. „Danke“, sagte sie sanft.

„Ich sage nur die Tatsachen, gnädige Frau.“

Er schloss die Tür und schelte sich den ganzen Weg um das Auto herum. *Das war nicht cool. Sie würde weglaufen, wenn er sie bedrängte.*

Ihr Herz war so fest zusammengezogen, dass sie ihm

fast gesagt hätte, sie würde zuhause bleiben. Aber sie hatte das nicht tun können. Da war sie also und fuhr neben ihm durch die Stadt zu einer Nachbarschaft, die bloß ein paar Blocks vom Strand entfernt war.

Sie brauchten keine Adresse, um zu wissen, dass sie Kevins Haus erreicht hatten. Der kleine Junge stand im Garten und Roscoe bellte und heulte, als er ihn sah.

„Ich glaube, die beiden gehören zusammen", sagte sie. „Er muss nur ausgerissen sein und hat vielleicht nach Kevin gesucht, denn es ist offensichtlich, dass die beiden zusammenpassen."

„Ich denke, du hast Recht." Er hielt den SUV an und stellte den Motor ab. Sie stiegen aus, während Kevin auf sie zu rannte.

Seine Mutter kam von der Veranda herunter. „Langsam, Kevin."

Aber das Kind hörte nicht, als Ryan die Tür öffnete. Roscoe sprang aus dem Auto und war mit zwei Sprüngen bei seinem Lieblingsmensch.

Ryan stand neben ihr, wobei sich ihre Schultern berührten. Sie sah zu ihm auf. „So süß", sagte sie. „Fühlt sich gut an, nicht wahr?"

„Ja, tut es.“

„Danke, Ryan“, rief Kevin, als er aufschaute, während er seinen riesigen Hund umarmte. „Ich dachte, ich habe ihn für immer und ewig verloren.“ Der kleine Junge kam herbei und schlang seine Arme um Ryans Knie. „Du bist der Beste.“ Er sah zu Ryan hoch. „Ich wusste nicht, dass du Polizist bist.“

Ryan legte eine Hand auf Kevins Kopf. „Bin ich. Und ich bin froh, dass ich helfen konnte, dich und Roscoe wieder zusammenzubringen.“

Kevin schniefte. „Danke. Mein Daddy hat mir Roscoe geschenkt, als er ein Welpe war. Er ist alles für mich. Und ich habe nur gebetet und gebetet, dass Gott ihn mir zurückbringt. Und du hast es gemacht.“

Ryan kniete sich hin. „Wo ist dein Daddy?“

Kevin schaute nach unten. „Er ist im Himmel.“

„Oh“, sagte Ryan. „Das tut mir wirklich leid.“

„Danke. Willst du mit mir und Roscoe spielen? Ich habe eine Burg im Garten.“

„Klar“, sagte Ryan ohne zu zögern und schaute dann zu ihr. „Bin gleich zurück.“

„Lass dir Zeit“, versicherte sie ihm, streckte ihre

Hand aus und drückte seinen Arm ermunternd. Er legte seine Hand auf ihre und drückte sie; dann folgte er dem Jungen und dem Hund durch das Seitentor und sie verschwanden hinterm Haus.

Kevins Mutter schaute ihnen ebenfalls nach. Sie hatte ihre Arme verschränkt und war sehr ruhig. „Vielen Dank, dass ihr beide ihn nach Hause gebracht habt. Wir waren am Strand und haben Roscoe zuhause gelassen, aber das Tor muss nicht ordentlich zu gewesen sein. Er war weg, als wir nach Hause kamen. Kevin liebt diesen Hund so sehr." Sie hatte Tränen in den Augen. „Er ist das einzige, was von seinem Daddy geblieben ist…"

„Er hat auch dich." Jillian legte einen Arm um die Frau, weil sie das Gefühl hatte, sie brauchte eine Umarmung. „Ich bin Jillian."

„Ich bin Jessica und diese Umarmung habe ich wirklich gebraucht."

„Ich auch. Das war ein Tränendrüsendrücker."

„Ryan ist fantastisch. Kevin hat seit dem Thanksgiving von ihm erzählt. Er hat auch keine Ahnung, wie sehr er Kevin an diesem Tag geholfen hat. Auch euer Resort. Wir mussten kürzlich unsere Freunde und Familie verlassen und wegen meines Jobs hierherziehen und das ist schwer während der Feiertage. Zu dem Fest rauszukommen, hat uns beschäftigt.“

„Oh, ich bin so froh, dass wir helfen konnten. Und Ryan ist einfach Ryan. Ich denke, dass Kevin einen Kumpel haben kann, wann immer er einen braucht.“

Einige Minuten später kam Ryan mit Kevin auf seinen Schultern zu ihnen zurück. Roscoe folgte ihnen mit wedelndem Schwanz.

„Das ist ein tolles Kind, das du da hast. Ich habe gerade erst in der Polizeistation angefangen. Bring ihn vorbei und ich führe ihn herum. Ich habe ihm auch gesagt, dass ich ihn mit dem Polizeiauto mitnehme.“

„Bitte, Mom.“

„Ja. Danke, das machen wir.“

Wenig später fuhren sie weg. Sie und Jessica hatten sich zum Mittag verabredet.

Als Ryan das Stoppschild erreichte, bewegte er sich nicht. Und dann bog er nach links und fuhr in Richtung Strand. Er kam auf einem Parkplatz zum

Stehen und dann streckte er seinen Arm über den Sitz und nahm ihre Hand. „Können wir bitte reden?"

„Das fände ich gut. Das fände ich sehr gut."

Ryan führte Jillian über den Sand zum Rand des Wassers. Sie sagten nichts, während sie liefen, aber er spürte einen Frieden, als er sich zu ihr drehte. „Jillian, ich liebe dich. Das tue ich. Von ganzem Herzen. Und ich kann verstehen, wenn du mich abweist, weil du mich nicht liebst. Aber ich kann dich nicht mich abweisen lassen, weil du denkst, du könntest mir Kinder vorenthalten."

„Aber ich habe dich mit Kevin gesehen. Du brauchst eigene Kinder."

„Ich brauche *dich*. Ich will *dich*." Er nahm sie in seine Arme. „Das bringt mich um. Ich werde nirgendwohin gehen. Und eines Tages werden wir Kinder haben. Und wir werden sie lieben und sie großziehen, ganz egal, wie wir zu diesem Segen kommen."

Jillian schaute zu ihm auf, wobei ihre

Gesichtszüge weich wurden. Und Tränen funkelten.

„Ich habe in den letzten zwei Wochen viel nachgedacht und ich glaube, dass du mich beschützt. Du würdest dein Glück für meines opfern, falls du denken würdest, dass es das Beste für mich wäre."

Sie erstarrte, als er sich nach vorn lehnte und zärtlich ihre rechte Wange küsste. „Das kannst du nicht abstreiten, nicht wahr?", murmelte er gegen ihre weiche Haut und dann küsste er ihre linke Wange. „Halt mich nicht in der Warteschleife, Jillian. Halte unser gemeinsames Leben nicht in der Warteschleife."

„Ryan", flüsterte sie. „Ich könnte nicht mit mir selbst leben, wenn du irgendwelche Reue verspüren würdest."

Sein Herz brach, als er in ihre liebevollen, süßen, aufrichtigen Augen blickte. „Wenn du nur wüsstest, wie sehr ich dich liebe, dann wüsstest du, dass das einzige Bedauern, dass ich je haben werde, ist, ohne dich als meine Frau zu leben."

„Oh Ryan."

„Liebst du mich?"

„So sehr. Ich glaube, ich habe dich immer

geliebt.“

„Und das macht mich zum glücklichsten Menschen auf Erden.“

Jillians Herz bebte bei Ryans Worten und während er seine Lippen zu ihren senkte, glaubte sie ihm schließlich… aber sie konnte nicht anders, als noch einmal zu fragen: „Bist du dir sicher?“

Er lachte und schwang sie in seinen Armen herum; sie lachte. „Ryan.“

„Jillian, hör auf, zu viel darüber nachzudenken. Du und ich wir sind dort, wo unser Zuhause beginnt, mit *unserer* Liebe. Jetzt sag mir bitte, dass du mich heiratest. Und heirate mich bald.“

„Ja, ich werde dich heiraten.“ Freude erfüllte sie und sie wusste, dass alles, was er gesagt hatte, stimmte.

„Danke“, rief er, schaute zum Himmel und dann küsste er sie, wie sie noch nie geküsst worden war… und sie wusste, dass er Recht hatte. Ihr Zuhause und Glück begann gemeinsam.

Auszug aus

MIT DIESEM RING

Windswept Bay Buch 5

KAPITEL EINS

„**B**eeil dich, Mommi. Fahr schneller.“ Jessica Price warf einen Blick in den Rückspiegel zu ihrem sechsjährigen Sohn. Er war winzig für sein Alter und sah so klein aus auf dem Rücksitz. „Ich fahre so schnell es erlaubt ist, junger Mann. Warum überhaupt die Eile?“ Sie wusste weswegen, aber fragte ihn trotzdem und freute sich, wieder sein strahlendes Lachen zu sehen.

„Es ist Mitbringtag und ich habe den Besten von allen“, rief er aus, wobei er in seinem Sitzgurt auf und ab hüpfte.

Kevin war seit dem gestrigen Tag, als der Polizeibeamte Ryan Locke und seine Frau Jillian Kevin abgeholt und mit ihm eine Runde in einem Windswept Bay SUV der Polizei mit Licht und Sirenen gefahren waren, aufgeregt gewesen. Für Kevin war das der Himmel auf Erden gewesen.

Ryan hatte ihm die Fahrt vor Weihnachten versprochen. Aber dann haben Ryan und Jillian geheiratet und dann war Kevin krank geworden. Und dann hatten die Ferien Vorrang gehabt und dann war für Ryan bis gestern einfach keine Zeit gewesen, sein Versprechen einzulösen. Sie hatte begeistert Kevins Freunde beobachtet, als der Mann, den er an Thanksgiving kennengelernt hatte, ihn auf dem Rücksitz seines Polizeiautos festgeschnallt und auf eine Fahrt mitgenommen hatte. Sie wollte nicht, dass Kevin groß wurde und daran Freunde fand, dort hinten mitzufahren, aber für einen kleinen Jungen war es der aufregendste Tag seines Lebens. Es war in seinen Augen zu sehen, als er Ryan angesehen hatte. Es hatte sie einmal mehr daran erinnert, dass ihr Sohn keinen

Mann, keinen lebendigen, hatte, den er Daddy nennen konnte und er so verzweifelt einen wollte.

Das hatte er zu Weihnachten deutlich gemacht.

Aber das war schwierig, denn sie war nicht bereit, daran zu denken, erneut zu heiraten. Daher war es eine Riesensache für sie und Kevin, dass Ryan nach Weihnachten auf sein Versprechen zurückgekommen war.

Ryan und Jillian waren mit Kevin zum Polizeirevier gefahren, um ihn rumzuführen. Und dort war es, dass er Jillians Bruder, Polizeichef Levi Sinclair, kennengelernt hatte. Kevin hatte ununterbrochen über ihn geredet.

Es war offensichtlich, dass auch er liebenswürdig zu Kevin gewesen war, denn zur Freude ihres Sohnes hatte der Polizeichef zugestimmt, heute in die Schule zu kommen, damit Kevin ihn am Mitbringtag vorstellen konnte.

Es war für ihn die perfekte Ablenkung von dem, was in den Ferien passiert war, und Kevin wieder als glücklichen Jungen zu sehen, machte sie glücklich. Sie würde dem Polizeichef danken, weil es eine willkommene Abwechslung zu dem ruhigeren Kind, das Kevin seit der Enttäuschung, zu Weihnachten nicht das zu bekommen, was er sich gewünscht hatte, war. Ihr armer Sohn.

Sie waren während der zweiwöchigen Ferien von Windswept Bay zurück nach Hause gefahren, um Weihnachten mit ihrer Familie zu verbringen. Mit einem Sechsjährigen und Roscoe, ihrem riesigen Hund, war es eine lange Fahrt von Florida bis Kansas gewesen. Die Fahrt musste Kevin Zeit gegeben haben, um sich seinen herzzerreißenden Plan, Santa und Gott zu bitten, ihm einen neuen Daddy zu Weihnachten zu schenken, auszudenken!

Er war ein extrem enttäuschtes Kind gewesen, als kein neuer Daddy unter dem Weihnachtsbaum am Weihnachtsmorgen auf ihn gewartet hatte.

Selbst jetzt seufzte sie beim bloßen Gedanken daran. Sie hatte nicht gewusst, wie sie ihm helfen konnte. Sie war noch nicht bereit, einen Mann zu finden. Adam war erst seit zwei Jahren tot. Sie brauchte Zeit… auch wenn sie natürlich nicht wollte, dass ihr kleiner Junge ohne einen Daddy aufwuchs, noch hätte Adam das gewollt. Ihr lieber Ehemann war ohne Vater aufgewachsen und wusste, wie es ich anfühlte. Er würde wollen, dass sie erneut heiratete, sowohl für Kevin als auch für sie. Aber ihr Herz… ihr Herz war nicht bereit.

Und daher war sie an diesem Morgen, während sie mit dem vor Freude hüpfenden Kevin zur Schule fuhr, glücklich. Vielleicht war das nach allem der Start in ein gutes Jahr.

Sie hatten ein weiteres Weihnachten ohne Adam überstanden und so schwierig es war, wusste sie, dass sie es schaffen würden… er hätte es so gewollt und er hätte gewollt, dass sie stark war. Und das war sie gewesen. Diesen Job in Florida anzunehmen, soweit weg von ihrer Familie, war Teil ihrer Entschlossenheit gewesen, vorwärts zu gehen. Auf ihren eigenen Beinen zu stehen.

Sie parkte auf dem Parkplatz der Schule und lächelte Kevin über den Sitz hinweg an. „Wir sind da. Bist du jetzt glücklich?"

Er grinste, während er seinen Gurt löste. „Oh ja, das wird der beste Tag meines Lebens werden! Meine

Freunde werden all so neidisch sein." Er nahm den Türgriff in die Hand.

„Hey, Moment mal. Du weißt, dass du die Tür nicht aufmachen sollst, bevor ich ausgestiegen bin." Ihre Warnung ließ ihn innehalten, bevor er vom Rücksitz sprang.

„Ja, Mom. Aber kannst du dich bitte beeilen?"

Sie lachte, nahm ihre Tasche und stieg aus dem Auto. Das Kind würde sie noch fertigmachen.

Levi Sinclair stand vor dem Grundschulgebäude. Sein Telefon klingelte und er zog es von dem Clip an seinem Gürtel. Die ID zeigte, dass es Jillian war. Wegen ihr steckte er in dieser Klemme. Sie und Ryan hatten Kevin zur Führung durch die Station mitgebracht und der süße, kleine Junge war neugierig und aufgeregt gewesen und hatte Levi alle möglichen Fragen gestellt. Levi hatte jede davon beantwortet, als Jillian und Ryan im Türrahmen zu seinem Büro gestanden und gegrinst hatten, während sie sie beobachtet hatten. Und dann hatte Kevin ihn gefragt, ob er heute zum Mitbringtag mit in seine Klasse käme. Levi hatte nicht nein sagen können.

„Hey", sagte er, nachdem er den Anruf angenommen hatte. Das leise Kichern ihrer Schwester begrüßte ihn.

„Ich rufe an, um dich an Kevins Unterricht heute Morgen zu erinnern, aber ich kann die Angst in deiner Stimme hören, daher nehme ich an, dass du bereits auf dem Weg bist."

Er schaute finster drein. „Ich stehe jetzt vor der Schule. Und hör auf zu lachen. Du hast mir das eingebrockt. Du und mein neuer Beamter. Ich denke, ihr wusstet, dass Kevin mich darum bitten würde. Tatsächlich wette ich, dass du und dein Ehemann mir eine Falle gestellt habt."

Jillian kicherte erneut. „Er hat Ryan danach gefragt, als wir im SUV herumfuhren. Aber Ryan hat ihm nur erzählt, dass der Polizeichef wirklich beeindruckend wäre, um ihn in seiner Klasse vorzustellen. Und er hatte Recht, das ist eine gute Sache."

„Freut mich, dass du so denkst."

„Sei nicht nervös – du wirst das gut machen.“

„Ich bin nicht nervös“, leugnete er, aber in Wahrheit, war er es ein wenig. Er hatte sich nie wohlgefühlt, mit Kindern zu sprechen, und normalerweise schickte er einen seiner Beamten für sowas.

Levi mochte Kinder; er konnte nur nicht gut mit ihnen umgehen. Daher war er überrascht gewesen, als Kevin seine Hand genommen und ihn mit auf die Führung durch die Station genommen hatte. Das Kind mit den Sommersprossen im Gesicht sah jünger aus als ein Erstklässler und hatte die ganze Zeit über aufgeregt geplappert und alle möglichen Fragen gestellt. Er hatte einen tollen Sinn für Humor und hatte Levi und Ryan mehrere Male zum Lachen gebracht. Auf gar keinen Fall hätte Levi nein sagen können, ihm zu helfen.

„Du warst gestern toll mit Kevin und er genießt es wirklich, Zeit mit dir zu verbringen. Ich will nur viel Glück wünschen. Kevin braucht diese Aufmerksamkeit. Und seine Mutter, Jessica, ist ein Goldstück. Du wirst sie kennenlernen. Sie ist eine von Kevins Lehrern.“

„Okay, na dann gehe ich mal besser rein."

„Los und hab Spaß." Sie lachte und beendete den Anruf und er betrat das Schulgebäude.

Levi wurde sofort zurück in seine Kindheit versetzt, als er hier an der Windswept Bay Grundschule Schüler war. Damals, im reifen Alter von sechs Jahren, war er ein Aufrührer gewesen. Er und Ryan hatten sich zusammen bei den Lehrern wie kleine Teufel aufgespielt. Niemand hätte geglaubt, dass er – oder auch Ryan – erwachsen geworden sind oder groß geworden waren, um Polizeibeamte zu werden. Damals war Ryans Vater Polizeichef gewesen und Mr. Locke und Levis Vater, Sam, hatten viele Ausflüge in das Büro des Schulleiters gemacht, um über ihre jungen Rabauken zu sprechen.

Vielleicht war das der Grund, weswegen Levi ein paar Probleme hatte, für so etwas hierher zurückzukommen. Was, wenn er ein Kind sah, das verrücktspielte? Was sollte er sagen – pass auf, wenn du dich weiterhin so verhältst, könntest du erwachsen und Polizeibeamter werden?

Er lachte vor sich hin, als er Raum drei erreichte.

Die Tür war offen und er konnte farbenfrohe Tische mit Kindern sehen, die zur Vorderseite des Raumes blickten, wo ein kleines Mädchen der Klasse ihre Schildkröte zeigte. Eine Schildkröte war für einen Raum voller Erstklässler womöglich viel interessanter als ein Polizeichef. Armer Kevin; das könnte ein Reinfall für das Kind werden. Und das beunruhigte Levi auf einmal.

Wo war die Lehrerin? Levi sah Kinder, die anfingen, ihn im Türrahmen zu bemerken und befand, er müsse sich nach vorn lehnen, um am Türrahmen vorbei zu blicken und den Rest des Raumes zu sehen, damit er die Lehrerin fand. Stattdessen wartete er, bis das kleine Mädchen fertig war, ihre Schildkröte zu zeigen – sie erinnerte ihn an seine Schwester Shar, die eine Superheldin war, wenn es um die Rettung gefährdeter Meeresschildkröten ging. Verdammt, Shar wäre ein Riesentreffer für den Mitbringtag gewesen. Levi hätte sie Kevin empfehlen sollen anstatt selbst zu kommen. Das kleine Mädchen setzte ihre Schildkröte zurück in die Kiste zu ihren Füßen. Und dann begann er, sich nach vorn zu lehnen, gerade als eine schöne rotblonde Frau ins Sichtfeld kam. Ihre blauen Augen kräuselten sich an den Rändern, als sie ihn anlächelte.

„Hallo Polizeichef Sinclair, es ist so schön, dass Sie kommen. Nur einen Moment bitte."

Während sie sprach, fragte sich Levi ob das Kevins Mutter war. Jillian hatte gesagt, dass sie bei der Thanksgiving-Feier, die das Windswept Bay Resort, das seiner Familie gehört, jedes Thanksgiving veranstaltete, gewesen war. Dort hatten Jillian und Ryan Kevin und seine Mutter erstmals kennengelernt. Später dann hatten sie Roscoe, Kevins Hund, gerettet und dem Jungen zurückgebracht. Da hatte Ryan Kevin eine Fahrt in dem Polizeiauto versprochen, die sich auch noch in eine Führung durch die Station verwandelt hatte.

Die Lehrerin betrachtend wurde Levi klar, dass er sie an dem Tag beim Essen gesehen hatte. Sie war in der Schlange zum Buffet gewesen und ihm war dann aufgefallen, genauso wie es ihm jetzt auffiel, dass sie eine sanfte Schönheit an sich hatte. Er schaute weg und war von sich selbst genervt. Er war nicht hier, um die Schönheit der Lehrerin zu bemerken; er war wegen

Kevin hier. Aber als sie kurz zu ihm mit einem gütigen Gesichtsausdruck des Willkommens zurückblickte, hatte er Schwierigkeiten, sich auf irgendetwas anderes als sie zu konzentrieren.

„Klasse, wir haben uns sehr gut unterhalten von Clara und ihrer Schildkröte, Jeremiah, gefühlt. Danke, Clara. Du kannst dich jetzt setzen."

Levi hörte das Lächeln in ihrer Stimme und sah das Funkeln in ihren Augen. Eine Lawine der Anziehung rollte durch ihn hindurch, als sie sich zu ihm umdrehte und ihre Hand ausstreckte.

„Ich bin Jessica, Kevins Lehrerin und seine sehr dankbare Mutter." Sie lehnte sich näher, sodass nur er ihre Worte hören konnte. „Danke vielmals, dass Sie gekommen sind. Das bedeutet ihm die Welt. Seit gestern, als Sie zugestimmt haben, herzukommen, war er so aufgeregt gewesen."

Er nahm ihre Hand und ja, die Anziehungskraft stieg seinen Arm hinauf wie ein Buschbrand, der Boden gutmachte, bevor er ihre Hand losließ. „Ich freue mich, hier zu sein. Ihr Sohn ist ein ziemlicher Verkaufsmann."

„Ja, ist er. Bitte, kommen Sie rein.“

Levi betrat das Klassenzimmer und alle Kinder konnten ihn jetzt sehen. Er entdeckte Kevin an einem der Tische mit einem Ausdruck voll freudiger Erregung auf seinem kleinen Gesicht. Der Junge sprang auf seine Füße und winkte.

„Hi Levi – ich meine, Polizeichef“, rief er.

Levi freute sich sofort, dass er gekommen war. Ryan hatte ihm erzählt, dass der Junge seinen Vater verloren hatte, und Levi hatte Mitleid mit ihm. „Hi Kevin.“

Jessica lachte vor sich hin. „Okay, Kevin, beruhig dich. Du bist an der Reihe. Ich lasse dich deinen Gast vorstellen.“ Und sie ging lächelnd wieder in den hinteren Teil des Raumes, während Kevin mit Vollgas nach vorn rannte und dann mit einem riesigen Grinsen von einem Ohr zu anderen zu Levi aufsah.

„Ich wusste, du würdest kommen“, sprudelte es aus ihm heraus.

„Natürlich bin ich gekommen. Du hast mich gebeten, oder nicht?“

Kevin nickte. „Habe ich.“ Er lehnte sich nach vorn

und flüsterte: „Ich musste es nur sehen, um es zu glauben." Und dann starrte er Levi einen langen, stummen Moment an.

„Kevin, stell ihn vor", forderte Jessica.

„Oh ja", lachte er, nahm Levis Hand und drehte sich zur Klasse von etwa 35 Kindern.

Levi schaute dann durch den Raum. Hinten war eine weitere Frau, die lächelte, als Jessica zu ihr kam. Die Kinder starrten ihn mit unterschiedlichem Ausmaß an Interesse an und Levi fühlte sich plötzlich sehr wie Jeremiah die Schildkröte.

„Heute, am Mitbringtag", sagte Kevin in sehr ernstem Tonfall, „habe ich Polizeichef Sinclair mitgebracht. Aber ich nenne ihn Levi, weil er mir das gestern gesagt hat, als er mir die Polizeistation gezeigt hat. Es war wirklich, wirklich cool. Aber deswegen habe ich ihn am Mitbringtag nicht mitgebracht." Er grinste und sah kurz zu Levi hinauf, bevor er dramatisch zurück zur Klasse schaute. „Ich habe ihn mitgebracht, um euch allen zu zeigen, dass er mein neuer Daddy sein wird."

Was? Levi hätte sich beinahe das Genick

gebrochen, so ruckartig wie er von der Klasse plötzlich alarmierter Kinder mit großen Augen zu dem Jungen hinunterschaute, der seine Klassenkameraden stolz angrinste; dann wandte der Junge sein Gesicht hinauf und grinste Levi mit einem Ausdruck purer Freude an.

Der Junge hatte gerade dem Klassenzimmer und seiner Mutter gesagt, dass Levi sein neuer Daddy sein würde… und er sah nicht so aus als machte er Witze. Wo war das hergekommen?

Levis Blick traf Jessicas. Ihr Mund stand offen und sie sah aus als wäre sie gerade von einem Eimer Eiswasser getroffen worden – dann wurde sie rot und eilte die Tischreihen entlang.

Aber Kevin sprach wieder: „Wenn er mein Daddy ist, können wir alle in die Station gehen und er kann uns alle herumführen und uns dann alle in Gefängniszellen schließen und –"

Jessica unterbrach ihn, „Kevin, ähm, das war interessant", sagte sie in bedachtem Tonfall. „Aber du darfst dich jetzt hinsetzen."

„Aber ich bin noch nicht fertig –", begann Kevin.

Jessica hob einen Finger, um ihn zu unterbrechen.

„Nein, junger Mann", sagte sie streng, aber sanft. „Du hattest deine Zeit."

Zu seinen Gunsten warf der Junge einen letzten wehmütigen Blick hoch zu Levi und ging dann zurück zu seinem Platz.

Levi bemerkte, obwohl er sprachlos war, dass das Kind größer aussah, als es wegging.

Jessica wandte sich ihm zu und ein blasses Pink färbte ihre Wangen. Ihre blauen Augen schienen um Verständnis zu bitten. „Es tut mir leid", sagte sie leise. „Er macht gerade eine schwierige Zeit durch. Ich hatte keine Ahnung, dass er vorhatte, das zu tun."

Levi war auf alle möglichen Schwierigkeiten trainiert worden. Nichts hatte ihn auf so etwas vorbereitet… es war, gelinde gesagt, merkwürdig. Und traurigerweise ein wenig herzzerreißend. Er hatte Mitleid mit ihr und mit Kevin.

„Ist schon okay", versicherte er ihr. „Da ich schon hier bin, kann ich den Kindern etwas sagen?"

Erleichterung leuchtete in ihrem Gesicht auf. „Ja, bitte, was immer Sie wollen. Die Aufmerksamkeit gehört Ihnen. Die Kinder wären begeistert, etwas von

Ihnen zu hören. Und vielleicht würde es sie davon ablenken, was gerade passiert ist", sagte sie und fuhr in der leisen Tonlage, in der sie gerade gesprochen hatten, fort.

„Genau das habe ich mir gedacht."

Sie drehte sich zurück zu den Kindern, die jetzt aufreget miteinander sprachen. „Beruhigt euch alle. Polizeichef Sinclair möchte ein paar Worte zu euch sagen. Jetzt seid bitte leise und gebt ihm den Respekt, den er als unser Polizeichef und einer der Männer, der unsere Gemeinde beschützt, verdient."

Levi schaute ihr nach, während sie zur Seite ging. Sie entschied, dieses Mal nicht wieder nach hinten zu gehen, sondern blieb stattdessen nahe der Tür stehen.

„Ich denke, Kevin hat womöglich einen tollen Vorschlag für einen Wandertag gemacht. Ich denke, ich werde mich mit Ms. Price wegen einer Führung der Klasse durch die Polizeistation absprechen und ihr Kinder könnt alle meine Mitarbeiter kennenlernen. So kennt ihr sie, wenn ihr sie auf der Straße trefft, und wisst, dass sie eure Freunde sind. Und dass, falls ihr jemals Hilfe braucht, ihr sie ruhig fragen könnt." Er war fasziniert davon, wie die Kinder ihn mit voller Aufmerksamkeit anstarrten.

Einer der Jungen in der ersten Reihe hob seine Hand und Levi befand, dass Fragen von den Kindern womöglich eine gute Idee war.

„Du hast eine Frage?" Er zeigte auf das Kind; sofort wanderten anderen Hände im Raum hoch.

Der kleine Junge grinste. „Wann werdet ihr heiraten?"

Und dann begannen die Fragen.

„Wann wirst du Ms. Price heiraten?"

„Meine Mom wird sich nicht freuen", schnaubte ein kleines Mädchen. „Sie sagte, sie würde dich heiraten, Polizeichef Sinclair. Meine Mom sagte, du bist ein heißer Feger."

„Meine Mama sagte, sie wettet, dass du gut küsst", sagte ein kleiner Junge und verzog sein Gesicht. „Das ist ekelhaft."

„Klasse", keuchte Jessica.

„Wartet mal, Kinder." Levi hob seine Hand und befand, dass er vielleicht hätte gehen sollen, als er die Chance dazu gehabt hatte. Wie viele der Mütter dieser

Kinder hatten über ihn gesprochen? Er warf Jessica einen flüchtigen Blick zu, die so verstört guckte wie er sich fühlte.

„Klasse", sagte sie mit fester Stimme. „Polizeichef Sinclair und ich werden nicht heiraten. Und ich wäre euch dankbar, ihr würdet das nicht herumerzählen."

„Aber Kevin hat das gesagt", verkündete jemand.

„Ja, hat er, aber nein. Wir werden nicht heiraten."

„Ich denke, es ist für mich Zeit zu gehen." Erklärte er ihr.

Das kleine Mädchen, dessen Mutter ihn einen heißen Feger genannt hatte und ihn küssen wollte, sprang von ihrem Stuhl auf. „Meine Mom wird sich nicht freuen."

Levi antwortet nicht einmal; er ging nur so schnell ihn seine Füße trugen dort raus. Mitbringtag war keine gute Idee gewesen.

Überhaupt keine gute Idee.

Weitere Bücher von Debra Clopton

Windswept Bay
Von Diesem Moment An
Irgendwo Mit Dir
Mit Diesem Kuss & Für Immer Und Ewig
Warten Auf Liebe
Mit Diesem Ring
Mit Diesem Versprechen

Die Cowboys von Mule Hollow Serie
Liebe Mich, Cowboy
Tanz Mit Mir, Cowboy
Immer Ärger mit Lacy Brown
… plus Baby macht fünf
Mein Herz gehört dir, Cowboy

New Horizon Ranch Serie
Ein Cowboy für Maddie
Ein Cowgirl für Rafe
Ein Cowgirl für Chase
Ein Cowgirl für Ty
Eine Familie für Dalton
Eine Tierärztin für Treb
Maddics gcheimes Baby
Ein Cowgirl für Austin

Die Cowboys von Ransom Creek
Ihr Cowboy-Held (Vorgeschichte)
Braut zu mieten
Cooper
Shane
Vance
Drake
Brice

Über die Autorin

Die Bestseller-Autorin Debra Clopton hat bereits über 2,5 Millionen Bücher verkauft. Ihr Buch OPERATION: MARRIED BY CHRISTMAS soll sogar als ABC Familienfilm verfilmt werden. Debra ist bekannt für ihre modernen Westernromanzen, texanischen Cowboys und temperamentvollen Heldinnen. Romantik und eine Prise Humor werden immer miteinander verflochten, um den Leser zum Lächeln zu bringen. Als Texanerin in sechster Generation lebt sie mit ihrem Ehemann auf einer Ranch im Herzen von Texas und freut sich immer über Zuschriften von ihren Lesern.

Besuche Debras Website unter
debraclopton.com/deutsch

Melde dich für ihren Newsletter
www.subscribepage.com/KostenloseTexascowboyromantik

Triff sie auf Facebook unter
www.facebook.com/debra.clopton.5

Folge ihr auf Twitter unter @debraclopton

Kontaktiere sie unter debraclopton@ymail.com